Songe de cèdre

Collection
Œuvres au rouge

Anna Laura Rucińska

Songe de cèdre

« Cedry w Snach Zaklęte »
traduit du polonais par
Krystyna Bourneuf

éditions f deville

« … le beau pays des cèdres éternels qui se souviennent des temps bibliques ; des cèdres sous lesquels l'homme ressent la présence de Dieu, il entend les voix des prophètes et comprend son insignifiance face à ces arbres empreints de force, de dignité, de beauté et de pureté, lorsque leur bruissement révèle un murmure du temps qui passe… »

Irena Komarnicka, *Sous les Cèdres du Liban.*

— Marvia ! Descends de l'arbre !

Sous les vastes ramures d'un pommier, le père l'appelait. Son vieux visage creusé de rides était aussi noir que la terre sur laquelle il se tenait bien ancré, la tête levée vers sa petite fille ; pour se protéger du soleil, ses paupières se plissaient en de fines fentes, son vêtement léger ondulait au gré du vent. Marvia avait l'impression qu'il allait s'envoler, comme une feuille d'automne, pour venir la rejoindre. Elle serra de toutes ses forces la branche de l'arbre, elle sentit la puissance et la sérénité qui en émanaient. Et la sève de la vie qui circulait dans ses veines. Elle avait envie de rester là pour toujours, à étreindre l'écorce, protégée de la chaleur par l'ombre des feuilles épaisses. Elle inhala son odeur douce, délicate et complice. « Reste là, ne t'en va pas, murmurait l'arbre, je te protégerai de tout ce qui peut t'arriver. Étreins-moi encore plus fort et tu deviendras une partie de moi, une de mes branches, nous serons unis à jamais. » Marvia étreignit l'arbre encore plus fort et elle ferma les yeux ; le calme et le bonheur envahirent tout son petit corps de fillette de six ans. Puis elle ouvrit les yeux et regarda en bas : le père n'était plus là, elle ne vit que le bout de sa robe verte et les sandales sur ses pieds nus.

Bzzzzz bzz bzz…

Qu'est-ce que c'était ? Qu'est-ce qui faisait autant de bruit ? Qui l'interrompait pendant son instant d'éternité au creux de l'arbre ? Elle retarda encore le moment d'ouvrir les yeux.

— Marvia, Marvia, lève-toi, c'est l'heure, tu vas être en retard au travail. Pendant que j'étais dans la salle de bain, tu as éteint le réveil et, au lieu de te lever, tu as continué à dormir.

Elle poussa un gros soupir, tout ceci n'avait été qu'un rêve, un doux rêve issu des souvenirs de son enfance. Elle sortit ses jambes du lit, pour éviter de se rendormir à nouveau. Elle les regarda avec un certain dégoût, ce n'étaient pas les petits pieds bronzés en sandalettes de cuir marron qu'elle venait de voir dans son sommeil.

Elle se mit sous la douche et resta les yeux fermés, pendant que l'eau ôtait la mousse du savon. Un jour de plus. Qui allait probablement être aussi ennuyeux que les autres. Depuis longtemps, elle n'arrivait plus à leur donner de l'entrain, elle ne savait plus comment se réjouir des petits plaisirs. Pourquoi ce rêve de fillette qui grimpait aux arbres et qui, dans le bruissement des branches, voulait en devenir une partie ? Pourquoi ? Depuis des années, elle ne pensait plus à son ancienne vie.

Ça allait être une journée ordinaire, semblable à toutes les autres, où il ne se passe rien d'exceptionnel, où l'on sait d'avance que les suivantes vont lui ressembler. Même la dispute téléphonique de ce matin, avec sa fille, n'était pas différente des autres, il s'agissait d'une broutille, ni l'une ni l'autre ne s'en souviendraient, quelques heures plus tard. Il resterait juste un malaise et un sentiment de culpabilité ; elles auraient pu se parler autrement, laisser de côté cette habitude des conversations désagréables et impulsives.

Marvia était dans le métro, bondé comme d'habitude aux heures de pointe, où tout le monde se bouscule, où les plus forts et les plus malins trouvent toujours une place assise, sortent leur téléphone, le fixent et se déconnectent de la réalité. Ils peuvent jouer ou lire leurs e-mails, rien d'autre ne les intéresse, ni les vieilles femmes ni les femmes enceintes. À une station monta une jeune femme, comme intimidée par son état elle se blottit contre la porte, heureusement qu'elle avait pu trouver là un peu d'espace. Marvia n'eut pas besoin de réfléchir longtemps. Son regard se porta vers un jeune homme accaparé par un jeu en ligne et elle lui cria droit dans l'oreille : « Une place, s'il vous plaît. » Il sursauta, surpris par cette agression subite, privé de son équilibre. Il bougonna juste : « Pourquoi moi ? » Marvia tira la jeune femme par la manche et la fit s'asseoir. Satisfaite, elle resta debout à côté, en lui souriant et en lui caressant l'épaule. Elle parla d'une voix forte, pour que tout le monde l'entende : « Il ne faut pas avoir honte. Vous devez penser à l'enfant, exigez toujours une place assise, vous y avez droit.

Et vous voyez bien ce qui se passe, chacun regarde son téléphone et personne ne s'intéresse à personne. »

Ses remarques suscitèrent l'intérêt général. Les plus âgés des passagers acquiescèrent : « Oui, oui, c'est vrai ! » D'autres se réfugièrent plus encore dans les jeux de leur petit écran. La jeune femme chuchotait de temps en temps : « Merci, Madame. » Dans cette ambiance, Marvia arriva à la station Chaussée d'Antin et sortit de la rame après avoir posé une dernière fois sa main sur le bras de l'inconnue. Bien qu'elle fût en retard, elle n'avançait qu'à petits pas vers les Galeries Lafayette. Depuis un certain temps, elle n'arrivait plus à marcher rapidement, ses pieds, opérés à plusieurs reprises, son surpoids et la fatigue constante se faisaient sentir. Elle n'était plus très jeune, pourtant il lui restait quelques bonnes années de travail avant de prendre sa retraite qu'elle attendait comme une délivrance, en comptant les mois et consciente aussi que le jour venu elle allait être encore plus âgée, encore plus lente. Elle savait qu'alors, il ne lui resterait plus beaucoup de temps, que sa vie serait pratiquement terminée. Elle repensa à cet affreux métro, sale, bondé et stressant. Elle rit tout haut à ses souvenirs ; lorsqu'elle était venue la première fois à Paris, c'était ce qu'elle avait préféré : le métro. En quelle année, déjà ? En 1982, lui semblait-il. Oui, c'était même sûr. Le métro l'avait alors enchantée. Bien plus que les monuments, les boutiques, les cinémas et les rues de la ville. Elle s'étonnait de ses dimensions, elle admirait les stations, toutes différentes par leur décor et leur histoire. Elle répétait leurs noms à voix haute, certains étaient trop difficiles à prononcer. Elle y passait des journées entières, en changeant de ligne, en se déplaçant d'un bout à l'autre de la ville, sans la voir, sans sortir à la surface, car ce n'était pas la ville qui l'intéressait, mais le métro. Il la fascinait, il était si différent de celui d'aujourd'hui : il y avait moins de monde, moins de population étrangère, pratiquement que des Parisiens, mieux habillés, plus calmes, moins stressés. Il était alors plus propre, plus riche. Lorsqu'elle entendait les clochettes, le son de la rame qui partait, elle se mettait à rire et certains passagers la regardaient un peu interloqués, mais sans animosité. Joliment habillée, à la mode, avec des jupes et des pulls de bonnes marques, elle s'intégrait à l'environnement.

Aujourd'hui, en arrivant au travail, elle sourit encore à ce souvenir, sortit sa carte d'employée qui sécurisait l'entrée de service, passa par la porte puis monta par l'escalator jusqu'au vestiaire, situé au troisième étage, pour se changer, mettre des chaussures moins confortables mais plus élégantes, se poudrer le visage et maquiller sa bouche d'une couleur plus soutenue, le carmin lui allait mieux. C'est le rouge à lèvres qui lui donnait de l'éclat et de l'assurance. Elle se regarda attentivement dans la glace. Non, décidément, elle n'avait plus rien de la jeune fille qui avait voyagé dans le métro pendant des journées entières. Elle poussa un long soupir et se dicta sa consigne : à présent, le plus important, c'est de laisser de côté tous les problèmes, ne pas y penser et sourire. Oui, de larges sourires toute la journée, pour les clients et pour les collègues. Qu'ils pensent tous que la vie est belle et que Marvia est en pleine forme, joyeuse, aimable et charmante. C'est en cela que consiste le professionnalisme. Depuis des années, elle travaillait comme vendeuse de produits cosmétiques de luxe, représentés dans les Grands Magasins. Plusieurs de ses collègues n'aimaient pas faire équipe avec elle, disaient qu'elle leur subtilisait des clients, qu'elle ne laissait passer aucune opportunité. C'était vrai, elle était sans scrupule de ce point de vue et c'est peut-être grâce à ça qu'elle avait gardé sa place dans l'entreprise : elle était estimée par la direction, on lui faisait comprendre qu'elle était indispensable. Là où ses collègues baissaient les bras, découragés par des clients difficiles, elle ne lâchait pas prise. Elle s'efforçait de ne pas montrer sa lassitude, sa fatigue de rester debout du matin au soir, alors que son corps entier était douloureux d'avoir à subir cette position jour après jour. Quand la souffrance se faisait ressentir, elle s'obligeait à sourire et les muscles de son visage, depuis longtemps habitués à cette grimace, n'opposaient pas de résistance. Des centaines de personnes arpentant les

Galeries Lafayette, leurs figures, parfois si semblables les unes aux autres, la musique bruyante qui se déversait du podium central, les milliers de questions auxquelles il lui fallait répondre en un clin d'œil, en quelques minutes elle se servait souvent de quatre langues différentes – tout cela provoquait une confusion qui empêchait de se concentrer pendant trop longtemps sur un sujet.

Elle jeta un coup d'œil à sa montre, elle devrait déjà être à son poste de travail, mais il ne se passerait rien de grave si elle faisait un saut à la cafétéria, boire un café vite fait. Elle avait oublié de prendre son petit-déjeuner à cause de la dispute avec sa fille. Elle s'assit un instant ; à l'une des tables, la plus éloignée, elle aperçut Angelu, penché sur son téléphone mobile. Elle l'avait reconnu tout de suite à ses cheveux blond platine et à son visage mince. Pour la première fois, elle le voyait immobile, concentré. D'habitude, il était plutôt détendu, en train de sautiller, même au rythme d'une musique imaginaire, c'était un être doté d'une grâce unique, parmi les gens qu'elle connaissait. Quand il apparaissait, il captivait l'attention de tout le monde, magnétisait, fascinait par sa seule présence. Il était frêle et délicat, s'habillait toujours dans les boutiques pour filles, portait même des chaussures à semelle compensée ou à talon. En hiver, il affichait de jolies petites fourrures colorées.

Elle s'approcha discrètement et réalisa qu'il n'était pas du tout occupé par son téléphone. Il le tenait dans sa main, il était penché au-dessus, mais en réalité il pleurait, les larmes coulaient sur ses joues. Elle posa la main sur son épaule et elle sentit que sa chemisette était imbibée de sueur.

Il releva légèrement la tête et la regarda avec méfiance.

— Qu'est-ce que tu veux, Marvia ?

— Mais rien, chéri. Je pourrais être ta mère.

Il lui sourit.

— Tu pourrais même être ma grand-mère. Elle a ton âge. Et c'est elle que je préfère de toute la famille, une belle nana. Je vais te montrer sa photo.

Il se mit à chercher sur Instagram et lui présenta l'image d'une toute jeune femme.

— Excuse-moi, mais je ne suis pas d'humeur.

— Je vois bien, mais qu'est-ce qui se passe, chéri, pourquoi tu restes assis ici ? On devrait déjà être au travail, tous les deux, depuis longtemps.

— J'en ai marre. Je les déteste tous. Je vais partir aux States pour vivre autrement.

— Mais pourquoi tu pleures ?

— Je me suis disputé avec mon père. Il ne m'a jamais accepté. Et aujourd'hui, il m'a appelé à six heures du matin. Il m'a réveillé et il a hurlé pendant une heure. Quand j'ai raccroché, il m'a rappelé. Comme je ne réagissais pas, il m'a envoyé des textos. J'ai fini par l'appeler, moi, et je l'ai traité d'idiot, d'imbécile et d'ignare. Et lui m'a répondu que j'étais « la travelotte de Paris ».

Là, Marvia éclata d'un rire qu'elle ne pouvait absolument plus contrôler, en s'exclamant de temps en temps : « Ah, ça, c'est la meilleure ! Vraiment la meilleure ! »

Enfin, Angelu aussi éclata de rire et ils partirent tous les deux travailler chez leurs employeurs respectifs. Après avoir convenu de se retrouver à midi pour déjeuner. La matinée se déroulait semblable à toutes les autres.

Des touristes avec leurs sacs à dos, appareils photo, smartphones et tablettes se bousculaient pour avoir un meilleur accès et une plus belle vue sur la coupole. Souvent, ils posaient pour une photo, leur portrait avec le dôme en toile de fond. Comme d'habitude, le sapin de Noël était déjà installé. À des heures précises démarrait une animation et il y avait alors encore plus de monde et de nombreux enfants.

Pendant les rares instants, minuscules, où elle n'était pas sollicitée par d'incessantes demandes d'information des clients, Marvia observait les gens qui affluaient. Certains amenaient par la main une personne aux yeux fermés et quand ils arrivaient sous la coupole, ils lui disaient de lever la tête et d'ouvrir les yeux. Alors, Marvia lisait l'émerveillement sur leur visage et elle entendait un cri de joie radieux, de ceux que poussent les enfants quand ils voient quelque chose de magnifique pour la première fois de leur vie. À chaque fois qu'elle remarquait ce genre de réaction, un sourire se dessinait sur ses lèvres, spontané, différent du sourire étudié, professionnel, qu'elle réservait pour les besoins de son travail et pour elle-même, puisqu'il la protégeait du monde extérieur.

Ainsi, grâce à ce sourire authentique, son propre visage rajeunissait, elle se sentait plus détendue et un tout petit peu plus heureuse. Elle remarquait peut-être plus de choses que ne voyaient la masse des touristes excités et certains de ses collègues très occupés. Ce jour-là aussi, elle aperçut soudain une petite fille d'environ trois ans. Toute seule, debout, qui pleurait. Elle était visiblement effrayée et dans la foule des passants, personne ne l'avait remarquée. Marvia sortit de son stand, s'approcha de la fillette et s'accroupit pour se mettre à sa hauteur. Elle vit que l'enfant était très jolie, soigneusement habillée, avec goût. Qui donc l'avait perdue ?

— Ne pleure pas, ma chérie, je suis là.

Elle lui fit une caresse et l'entoura de ses bras.

— Je veux voir ma maman.

— On va la retrouver très vite. Comment tu t'appelles ?

— Marion.

— Ne pleure pas, Marion. Donne-moi la main, on va aller chercher ta maman.

Marion avait avec elle son nounours préféré, qu'elle serrait maintenant très fort ; elle donna sa petite main à Marvia et ensemble, elles se mirent à traverser la foule pour atteindre le point d'information. Il s'avéra que la maman attendait Marion dans un tout autre endroit, elles poursuivirent donc leur chemin. De loin, Marvia vit une femme et un garçon plus âgé que Marion. Les deux étaient visiblement furieux. Lorsque Marvia s'approcha, le garçon se mit à gronder sa petite sœur en criant et la mère enchaîna : « Tu étais où, Marion ? Ton père est fou de rage ! Il te cherche partout. Tu nous as gâché tout le plaisir des courses aux Galeries Lafayette ! Comment as-tu pu nous faire ça? » Marvia était choquée. De nombreuses fois, elle avait ramené aux parents leurs enfants et en règle générale, les gens la remerciaient, ils semblaient plutôt confus d'avoir perdu leur propre enfant, alors que là, cette horrible mégère ne lui prêta aucune attention ; en plus, elle criait après la petite. De toute façon, ce n'était pas la peine d'expliquer quoi que ce soit. Marvia dit simplement : « Ce n'est pas sa faute. »

Elle s'accroupit pour s'adresser à Marion : « Au revoir, Marion, je te souhaite une bonne journée. » Elle se redressa et, la tête haute, elle retourna au travail.

À l'heure du déjeuner, elle prit son sac à main et un châle qu'elle gardait dans un tiroir. Elle se dirigea vers la sortie des employés où Angelu l'attendait déjà. La tristesse de ce matin avait disparu de son visage. Il se trémoussait au rythme de la musique qui lui parvenait de l'oreillette de son téléphone, un large sourire aux lèvres. Il avait pris le temps de remettre une couche de poudre sur ses pommettes et du mascara sur ses cils.

Ils sortirent à la recherche d'une table libre pour s'asseoir et manger quelque chose de chaud, mais toutes les places étaient déjà prises, dans chaque restaurant et bar. Finalement, ils se retrouvèrent rue de Provence. Malgré le froid, les prostituées étaient là, comme d'habitude, avec leurs minijupes et bottes à talon haut. Elles attendaient les clients, en bavardant entre elles ou en regardant les écrans de leur téléphone. Elles n'étaient pas jeunes, le fard ne suffisait pas à camoufler l'âge. Marvia pensait toujours à elles avec compassion et disait souvent que nous ne connaissions pas leurs vies, nous ne savions pas ce qui leur était arrivé pour qu'elles fassent la rue.

Ils trouvèrent une table pour deux dans l'un des nombreux petits restos, toujours bondés.

— Alors, Angelu chéri, ça va mieux ? Tu remontes la pente ?

— Oui, j'ai pris ma décision. Avec mon père, je ne vais jamais m'entendre. Tu sais comment sont les gens en Corse, complètement différents de ceux de Paris et même différents du monde entier. D'ailleurs, je me suis enfui de là-bas. Quand j'étais petit, je me prenais pour une fille. S'il y avait des jeux d'équipe entre garçons et filles, je partais avec les filles et les maîtresses criaient, parce que je devais rejoindre les garçons, mais moi, je n'aimais pas leur compagnie, la plupart étaient des brutes et leurs sports ne me plaisaient pas. Lorsque j'ai grandi et que mes parents n'étaient plus ensemble, des bandes de voyous me battaient, parce que j'avais les cheveux longs et un air différent. Le plus souvent, ma mère et ma grand-mère venaient me défendre. Mon père hurlait comme un fou et me traitait de pédé. Oui, parce que, à treize ans déjà, je savais que je préférais les garçons.

— Tu l'as dit à tes parents ?

— Bien sûr que non. Mon père m'aurait lynché, ma mère m'aurait écorché vif. Ils savaient que j'étais bizarre, mais je ne pouvais pas leur en parler. Au lieu de jouer au foot, j'aimais la danse et le dessin.

Sur ces paroles, Angelu sortit de son sac un cahier et montra à Marvia ses derniers dessins. C'étaient surtout des visages, tristes, aux bouches expressives, esquissés de quelques traits sobres. Angelu lui avait parlé plusieurs fois de ces visages, issus de son imagination, qu'il projetait sur le papier. Lorsqu'il ressentait de l'émotion, son accent corse ressurgissait, chantant, qui ne faisait que lui rajouter du charme et souligner le contraste entre son apparence féminine et sa voix grave de fumeur.

Marvia consulta sa montre. Il fallait retourner au travail. La recherche d'un endroit pour manger assis, tranquillement, leur avait pris beaucoup de temps. Les heures qui suivirent passèrent, pareilles aux autres heures et aux autres jours, parce que personne ne savait encore que bientôt plus rien ne serait comme avant. Personne n'avait pensé que la monotonie avait des avantages, car elle procurait un sentiment de sécurité, un ressenti de paix éternelle. Au bout de la journée, tous les employés entendirent la petite musique qui annonçait la fin du travail, attendue avec tant d'impatience, la permission de quitter les postes de travail et se rendre au vestiaire. En revanche, il semblait que les clients n'avaient pas compris que les achats étaient finis, ils se comportaient comme s'ils avaient l'intention de passer encore plusieurs heures à l'intérieur du magasin. Les services de sécurité les guidaient vers la sortie, à grand-peine.

Marvia essaya de monter rapidement au troisième étage, mais le parcours lui parut infranchissable. L'escalator ne fonctionnait plus depuis un quart d'heure et l'ascenseur, plein à ras bord de clients et de touristes, s'enlisait dans les étages. Du haut d'un palier, à travers une vitre, elle observa le mouvement du mécanisme, les câbles qui bougeaient. Ce spectacle d'autrefois l'aurait probablement fascinée si elle n'avait pas été aussi fatiguée. Elle aurait voulu être déjà à la maison, mais elle n'avait pas la force d'avancer plus vite. Essoufflée, elle se frayait le chemin entre des gens qui montaient et qui descendaient, boutonnaient leurs manteaux et nouaient leurs écharpes à la hâte, criaient dans leur téléphone, discutaient, excités, ou, comme elle, qui gravissaient en silence une par une les marches de l'ancien escalier.

Au vestiaire, elle enleva son chemisier trempé de sueur, elle remplaça les hauts talons par des baskets d'hiver. Par terre, courbée, elle fut obligée de se pousser plusieurs fois pour laisser sauter au-dessus d'elle des jeunes filles pressées, souvent des Chinoises – elles étaient toujours pressées. Leurs gestes nerveux suscitaient de l'irritation, de l'agression chez Marvia, mais que pouvait-elle y faire ? Inutile de lutter. Elles sont comme ça, tout simplement différentes. Enfin, emmitouflée dans son manteau bien chaud, elle descendit jusqu'à la sortie des employés. Elle pensa que le lendemain allait être un nouveau jour, semblable à celui-ci, à tous les jours précédents et aux futurs.

Elle rentra à la maison complètement vidée. C'était comme ça tous les soirs et les jours se ressemblaient. Seulement, parfois, elle se demandait combien de temps elle allait encore tenir et pourrait supporter ce poids. Tout de suite après, elle se ressaisissait, parce qu'on pouvait supporter bien plus. Même si ce jour n'allait pas être pareil, il paraissait identique et Marvia ne connaissait pas encore cette différence.

Elle arriva exténuée à la maison. Elle se débarrassa de ses vêtements et chaussures. Le manteau de Louis n'était pas sur son cintre, il reviendrait probablement tard ce soir, aucune nouvelle ne s'affichait sur le portable, même de la part de sa fille. Marvia alluma le téléviseur et alla dans la cuisine se préparer quelque chose à manger. Elle ne s'était même pas aperçue qu'elle avait très faim, la fatigue avait supplanté cet autre besoin. Au réfrigérateur, elle trouva les restes du dîner de la veille, elle mit donc la boîte en plastique au four à micro-ondes, elle rinça quelques feuilles de salade et une tomate pour préparer une entrée un peu plus copieuse, peut-être que Louis reviendrait bientôt et qu'il aurait faim. Elle mit l'eau à chauffer pour le thé et rouvrit le réfrigérateur pour vérifier qu'il y avait bien un yaourt pour le dessert. Ce jour-là, le métro ne marchait pas très bien, quelle foule ! Une fois de plus, elle était rentrée plus tard que prévu et le magasin d'en bas était déjà fermé.

Elle apporta son dîner au salon et s'installa confortablement, en essayant de ne plus penser à rien. Elle mangeait, sans prêter attention à l'écran du téléviseur dont elle avait baissé le son, sans regarder non plus celui de son téléphone, sur lequel les messages affluaient. Il était tard, elle ne rêvait que de finir de manger, de mettre les récipients vides dans le lave-vaisselle, de prendre sa douche et de s'enfouir sous la couette après avoir allumé le réveil.

Elle jeta un coup d'œil sur l'écran de son téléphone, pour vérifier s'il n'y avait pas de message de sa fille. En voyant s'afficher une quantité infinie de textos, elle poussa un cri de surprise. Avant de les lire, elle vit qu'ils ne provenaient pas tous de France : quelques-uns de Toronto, trois de New York, la majorité du Liban. Aucun de Sarah. Elle lut le premier, de Louis : « Marvia, allume la télé et essaie de retrouver ta fille. » Mon Dieu, que s'était-il passé ? Elle saisit la télécommande, monta le son et fixa l'écran. À cet instant, son cœur s'arrêta de battre, elle ne put respirer, la sueur se mit à dégouliner de son front. Les médias ne savaient pas encore tout, cependant ils diffusaient déjà les photos de Saint-Denis, du Stade de France. Personne ne savait encore rien de ce qui se passait au Bataclan. Des images rapides défilaient sur l'écran. Les journalistes, dépourvus cette fois-ci de leur froid professionnalisme, commentaient les événements, mais Marvia n'était pas en état de tout comprendre. Éperdue entre ses propres souvenirs d'un passé de peur et de panique et ses craintes actuelles pour son enfant, elle ne se maîtrisait plus. Ses mains tremblaient, elle prit le téléphone, chercha le numéro de sa fille, les secondes durèrent une éternité et personne ne répondit. Elle finit par laisser un message : « Sarah, chérie, c'est ta maman, réponds-moi… Je t'en supplie… », puis elle envoya un texto, puis un autre. En proie à la terreur, elle se demandait qui contacter parmi les connaissances de sa fille. Elle composa plusieurs numéros, personne ne décrochait. Enfin, Louis l'appela : « Marvia, tu es à la maison ? Je sais, je sais que tu es à bout de nerfs. Nous le sommes tous. Je ne peux pas te parler longtemps, je voulais juste te dire qu'étant donné ce qui se passe, je ne sais pas quand je vais rentrer. Ne sors pas de la maison jusqu'à nouvel ordre. Oui, essaie de retrouver Sarah par téléphone, quand elle répondra, envoie-moi un texto. » Ce fut tout. C'est ainsi, quand on a un mari policier. Des nuits de solitude, souvent, et la crainte lorsque le danger apparaît. Tel qu'aujourd'hui. Elle recommença à suivre l'écran du téléviseur, les images des morts dans la rue, la police partout, l'omniprésente peur et la panique. Le choc raviva des souvenirs insupportables physiquement. Elle se précipita vers les toilettes – impossible de maîtriser les nausées. Elle passa ainsi quelques heures, à courir entre le salon et la salle de bain. Au passage, elle jetait un coup d'œil sur le téléphone. Au milieu de la nuit, à trois heures, elle reçut un message de sa fille : « Maman, je suis OK. » Elle fondit en larmes. Elle savait que ses nerfs ne pouvaient pas supporter davantage d'émotions. Elle n'avait pas besoin d'en savoir plus pour l'instant, sa fille était vivante, il ne lui était rien arrivé. Pour les détails, on verrait plus tard. Dans le va-et-vient entre le salon et les toilettes, elle avait raté plusieurs séquences à la télévision. Maintenant, elle se concentra sur l'écran. Les journalistes avaient communiqué que l'attaque du Bataclan avait pris fin à minuit 58. On ne connaissait pas encore le nombre exact de morts et de blessés, mais on disait qu'il était impressionnant. Marvia restait assise devant la télé et elle sanglotait. De détresse, elle serrait ses mains, incapable de bouger. C'est dans cet état que la trouva Louis quand il rentra à la maison à six heures du matin. L'épuisement se lisait sur son visage, ses yeux étaient rougis. Marvia ne savait ni où il avait été ni à quelle opération il avait participé. Ils avaient conclu un accord : jamais, au grand jamais elle ne devait lui poser de questions. Aujourd'hui encore, ils se regardèrent dans les yeux en silence et tous les deux savaient que c'était dur. Marvia ouvrit la bouche, mais ne put prononcer aucun son. Louis dit simplement : « Je sais, mon amour, que tu repenses à Beyrouth », et il se dirigea vers la salle de bain pour prendre une douche. Elle se leva, alla dans la cuisine préparer un petit-déjeuner pour son mari. Elle-même n'allait pas pouvoir avaler quoi que ce soit pendant des heures entières, elle en avait conscience. Les tranches de pain commençaient à sauter du toasteur et l'eau chauffait dans la bouilloire. Louis sortit de la salle de bain, emmitouflé dans un peignoir, encore un peu mouillé et il s'assit à la table de la cuisine. Marvia alla alors s'asseoir dans le salon et commença à regarder ses textos : « Est-ce que tu es OK? », « Est-ce que tout le monde va bien ? », « OK ? », « Tu es OK ? », « Est-ce que tu es à la maison ? » Des textos arrivaient du monde entier. Elle répondait, invariablement, de deux lettres : OK. Elle alla prendre une douche, se laver les cheveux, se maquiller, et surtout atténuer les traces de cette nuit. Elle s'assit de nouveau dans un fauteuil. Sur son portable s'affichaient d'autres textos de ses collègues de travail, est-ce qu'elle était saine et sauve ? Puis un, de la direction : « Marvia, étant donné la situation, l'état d'urgence, tu n'es pas tenue de te rendre au travail aujourd'hui. Consigne de la direction générale. »

Elle recommença à suivre les informations. La veille, à 23 h 58, le président de la République avait déclaré l'état d'urgence : les frontières de la France étaient fermées. Pendant l'attaque, 130 personnes avaient péri, dont 87 au Bataclan. 300 blessés.

Marvia se tenait immobile devant l'écran de la télévision, elle suivait les nouvelles. Rue Alibert, rue de La Fontaine-au-Roi, rue de Charonne, avenue de la République, boulevard Voltaire...

Elle avait les yeux complètement secs. Elle regardait l'écran, mais elle suivait en même temps un autre film, celui de ses souvenirs, tout aussi effrayant.

Il lui avait semblé jusqu'à présent qu'elle avait surmonté le pire des sentiments qui puisse exister chez l'être humain : le sentiment de haine. Elle venait de comprendre que non, ce sentiment continuait à l'habiter, endormi depuis quelque temps, mais toujours vivant et prêt à grandir, à s'emparer de chaque cellule de son corps et de chacune de ses pensées. Elle avait prié pendant des années, prié Dieu, tous les saints et tous les anges pour qu'ils lui ôtent cet affreux sentiment. Elle était même persuadée qu'il en avait été ainsi, elle les avait remerciés, alors que la haine vivait en elle, juste endormie. Ce sentiment provoquait le mal de tête, des épaules, du dos, les jambes pesaient une tonne, parfois le souffle lui manquait, elle n'arrivait pas à trouver le sommeil durant la nuit ni les forces durant le jour pour continuer une vie tissée du quotidien.

Elle avait appris à jouer un rôle qu'elle s'était imposé des années auparavant : coller à son visage différents sourires. Le plus simple était de montrer toutes les dents, car les gens regardaient surtout sa bouche, toujours vêtue de rouge, et ne prêtaient pas attention aux cernes de ses yeux ni à son regard qui aurait pu sembler triste.

Elle ne voulait pas que quiconque connaisse ses émotions ni se doute de ce qu'elle cachait au fond d'elle-même. Certains pouvaient la qualifier d'hypocrite, elle soupçonnait qu'on la désignait ainsi : ils ne pouvaient pas comprendre pourquoi elle souriait toujours.

Elle décollait ce sourire seulement quand elle rentrait à la maison, quand elle fermait la porte, se débarrassait de ses chaussures et de son manteau, elle le décollait pour le suspendre sur un cintre, à côté. Elle riait au fond d'elle-même, consciente de ce qu'elle faisait. Parfois, lorsque Louis rentrait, elle oubliait de redevenir naturelle et elle le gratifiait de son sourire de service. Il la regardait au fond des yeux et n'y voyait qu'une tristesse sans bornes, sempiternelle. Il ne pouvait pas répondre à ce large sourire, il poussait un lourd soupir et il la serrait fort dans ses bras.

Aujourd'hui, c'était pareil. Il savait exactement ce qu'elle ressentait.

Elle se détacha enfin de l'écran de la télévision et alla se coucher au côté de Louis. Il était étendu sur le dos, enfoui sous la couverture, les yeux fermés, mais il ne dormait pas. Elle l'enlaça doucement. Ils restèrent allongés l'un à côté de l'autre, ébranlés par les événements des dernières heures, sans pouvoir trouver un moment d'oubli dans le sommeil. Ils écoutaient leurs propres pensées et le tic-tac régulier de la vieille horloge accrochée au mur que

Louis avait rapportée de Bretagne, de sa maison de famille, il y a bien longtemps.

Chacun de ces sons brefs et secs mesurait le temps qui s'écoulait, inéluctable, sans se soucier de ceux pour qui il avait cessé d'exister, de ceux dont la détresse avait franchi les normes temporelles et figurait dans une autre dimension, connue de ceux qui avaient vécu l'horreur au-delà du supportable. Marvia était plongée dans ses souvenirs et, à la fois, elle souffrait avec les hommes qui venaient de connaître la tragédie, le cauchemar de la nuit. Elle pensait à leurs proches. Alors elle prit son chapelet, posé sur la table de nuit, et se mit à chuchoter des mots de supplique dans sa langue en faisant défiler les grains entre ses doigts. Au bout d'un moment, elle entendit la respiration de Louis devenue régulière. Elle sourit intérieurement : « Il a trouvé un instant de paix. » Et elle continua sa rencontre avec Dieu. Elle profita aussi d'un peu de calme, elle somnola durant des fractions de seconde, entre deux souffles. C'était suffisant pour rassembler ses forces et affronter la journée.

Elle se leva. Elle avait décidé de surmonter son état, de vaincre sa faiblesse. Ce n'était pas la première fois qu'elle était témoin d'un drame. Elle était forte, n'est-ce pas ? Elle prit une feuille et un stylo, elle s'assit dans un fauteuil et commença une liste de ce qu'il y avait à faire. Puis elle abandonna. Elle froissa la feuille et la jeta à la poubelle. Non, impossible d'endurer plus. Il lui fallait bouger, être en mouvement, peu importait pour quoi faire. Elle se mit à ranger la cuisine, plus tard elle sortit la table à repasser et apporta dans le salon une tonne de chemises de Louis et de draps. Sans faire de bruit, elle ne voulait pas déranger Louis dans son sommeil et ne voulait pas non plus allumer ni la radio ni la télé.

Elle n'avait pas le courage d'écouter plus d'informations toute seule. Probablement, ils allaient s'asseoir devant la télé quand il serait levé, il leur serait plus facile d'accepter les images et les mots quand ils seraient ensemble. Elle jeta un coup d'œil sur son téléphone. De nouveaux textos étaient arrivés. Elle ne pouvait pas laisser dans l'incertitude toutes ces personnes inquiètes. Elle répondit en quelques phrases aux uns, par un simple OK à d'autres. Elle retourna à ses occupations ménagères. Comment un être humain pouvait-il supporter tant de choses ? Quelques rues plus loin, des gens étaient au désespoir alors que leurs voisins se livraient aux tâches quotidiennes de repassage, lessive, nettoyage. À la vie de tous les jours.

Soudain, elle arrêta de repasser une énième chemise, elle la roula en boule et la jeta sur le tas qui restait. Non, ça n'avait pas de sens. C'était un travail trop lent, il fallait faire autre chose. Quelque chose qui la fatiguerait plus. Au point de tomber et de s'endormir, parce que c'est dans le sommeil que se trouve la délivrance, peut-être l'oubli, tant espéré. Elle alla faire un tour dans la chambre à coucher. Louis continuait à dormir. Tant mieux si lui au moins avait pu trouver un peu de repos. Était-ce vraiment le cas ? Elle observa ses traits. Non, il n'était pas calme, quelque chose le tourmentait, il rêvait de choses désagréables, son visage se crispait, exprimait l'inquiétude ou la peur.

Elle s'allongea à ses côtés, se blottit contre son bras, il eut un sursaut et poussa un gros soupir. Au bout d'un moment, il se retourna et se rendormit, plus profondément, peut-être. Elle entendit frapper à la porte. Elle alla dans l'entrée sur la pointe des pieds, colla son œil au judas et ouvrit la porte.

— Angelu !

— Marvia !

— Entre, qu'est-ce qui t'arrive ?

— Non, rien – il haussa les épaules, puis laissa percer sa colère. Tu ne t'es même pas inquiétée de ce que j'étais devenu, alors que tu sais bien que je vais souvent au Bataclan, donc je suis venu te montrer que j'étais en vie.

— Angelu chéri, sorry, sorry, sorry… Viens, je vais te faire un thé.

— Et quelque chose à manger, je n'ai rien avalé depuis hier, j'ai juste fumé des pétards.

Ils passèrent au salon.

— Juste, ne parlons pas trop fort, demanda Marvia, Louis dort, il a eu une nuit difficile.

— J'imagine.

Angelu était blanc comme un linge, il avait des cernes sous les yeux et les restes de maquillage ne le mettaient pas en valeur.

— Chéri, va donc prendre une douche. Je te donne une serviette, pour le reste, tu trouveras tout ce qu'il faut dans la salle de bain. Tiens, voilà un tee-shirt de Louis, il sera trop grand pour toi, mais au moins il est propre. Je ne sais pas où tu as été cette nuit, mais tu vas me le raconter. Pendant que tu te laves, je vais te préparer de bonnes choses à manger.

Elle alla dans la cuisine. L'odeur des œufs brouillés et des toasts se répandit dans l'appartement. Elle posa sur la table des assiettes et des tasses de thé.

Angelu sortit de la salle de bain pieds nus, enveloppé d'un peignoir rose. Ses cheveux fraîchement lavés, encore mouillés, étaient coiffés en arrière.

Ils s'assirent et se mirent à manger les œufs, en silence et en buvant des gorgées de thé. Louis, encore à moitié endormi, entra dans la cuisine. Il se figea sur place, écarquilla les yeux et éclata de rire :

— Angelu ! J'ai cru que c'était une copine de Marvia, en voyant dans l'entrée des chaussures à talon.

— Ben, ce sont les miennes, voyons, répondit Angelu en roulant des yeux et en haussant les épaules.

— Et te voilà, avec en plus ta voix grave de fumeur, masculine et ton accent corse, dans le peignoir rose de ma femme, il y a de quoi devenir fou. Louis se remit à rire. C'est bien que tu sois venu, tu nous as sauvés de la dépression. Raconte, comment vas-tu ?

Marvia intervint :

— D'abord dis-nous ce que tu as fait cette nuit, chéri, pour t'être mis dans un état pareil.

Angelu ne répondit pas tout de suite, il entoura son front de sa main, il ferma les yeux. Ils restèrent ainsi, en silence, en attendant son récit. Enfin, il s'adossa au mur et se mit à parler.

— Après le boulot, je suis allé au bar avec Emmanuel. On avait prévu d'aller ensuite danser un peu dans une boîte de nuit. Et soudain, c'était la panique, dans une rue à côté, des tirs, des sirènes de police. Les gens horrifiés couraient dans tous les sens. Une foule a envahi le bar où nous étions assis. Je n'avais encore jamais vu une telle terreur sur les visages. D'ailleurs, je peux dire que jusqu'à cette nuit, je ne savais pas ce qu'était la peur, la vraie.

Il se tut; il y eut un silence. Chacun pensait à sa propre peur, celle du passé et celle récente.

Soudain, on frappa à la porte. Louis alla ouvrir.

— Ah, Madame Karmelkova ! Entrez, je vous en prie, Marvia sera contente de vous voir.

— Non, merci, je suis venue juste vous apporter un gâteau. Quand on a des invités, il faut les accueillir et on n'a pas toujours de quoi, dans des situations difficiles. Il est encore chaud.

— Luiza, entre, viens boire un thé avec nous, s'exclama Marvia, et elle courut à la porte pour embrasser Madame Karmelkova et l'inviter à entrer.

— Non, non, j'ai beaucoup de travail, une autre fois. Seulement quand j'ai vu ce bout de chou, je ne sais pas si c'est un petit gars ou une fille, qui montait chez vous, j'ai tout de suite couru dans la cuisine faire une pâtisserie – ta préférée : le gâteau lituanien au pavot.

— Luiza, viens, chérie.

— Non, non, le travail m'attend.

— Alors merci beaucoup, chérie. Tu viendras dîner avec nous samedi prochain, il y aura ma cousine de Toronto, celle que tu aimes bien.

— Je viendrai, ma bella.

Et elle s'en alla.

Angelu se tenait à la porte de la cuisine et observait la scène avec amusement.

— Quand je suis entré dans la cage d'escalier, elle y était, elle polissait les chambranles des vitres de sa loge et elle chantait assez fort dans une langue étrange que je n'avais jamais entendue avant. Je lui ai dit bonjour, car à chaque fois que je viens ici elle entrouvre sa porte et elle me sourit. Elle a dû être une très belle femme. Dans le temps, quand elle était jeune.

— Elle est toujours belle, dit Marvia. Madame Karmelkova est la concierge de notre immeuble…

— Elle n'a pas l'air d'une simple concierge, l'interrompit Angelu.

— Parce qu'elle ne l'est pas, intervint Louis. C'est une grande dame, bien qu'elle n'ait jamais dit de quel milieu elle est issue. Elle évite de parler du passé. Nous savons seulement qu'elle est une Polonaise de Lituanie, que sa famille s'est enfuie de là-bas à la fin de la guerre, pour ne pas se retrouver en Union soviétique. Elle était encore une enfant, mais elle dit que la Lituanie lui manque et que ses parents ont toujours pleuré ce pays. Sa nounou était lituanienne et c'est pour ça qu'elle connaît des chansons dans cette langue, elle les chante souvent en travaillant. On suppose que c'est une aristocrate, parce qu'on a vu chez elle, sur la commode, de vieilles photos de famille et ce qui est sûr, c'est que ce ne sont ni des paysans ni des bourgeois.

— Alors qu'est-ce qu'elle fait ici comme concierge ?

— Oh, Angelu, s'irrita Marvia. Tu es jeune, tu ne connais pas la vie.

— Il faut bien qu'elle vive de quelque chose. Ici, elle a un appartement gratuit dans un bel immeuble, répondit tranquillement Louis, et elle arrondit ses fins de mois en aidant les habitants à remplir leurs déclarations d'impôts, à écrire des courriers officiels. Elle connaît très bien les mathématiques et les différentes combines administratives.

— Elle parle couramment l'anglais et l'allemand, ajouta Marvia.

— Et elle est notre très bonne amie, dit Louis. Quand ma fille est décédée, elle s'est occupée de tout dans la maison.

Marvia sortit s'essuyer les yeux dans la salle de bain. Un trop-plein de souvenirs. À son retour, elle trouva sur la table de nouvelles assiettes, garnies de hors-d'œuvre : le mezzé.

— Nous avons des plats libanais au réfrigérateur et toi, tu sers des œufs brouillés, dit Louis.

— Oh là là, j'ai complètement oublié cette grosse boîte en plastique.

— Tout est excellent. Je ne connaissais pas la cuisine libanaise, balbutia Angelu, la bouche pleine.

— Alors maintenant, tu connais, chéri, sourit Marvia.

— Je vous dois des excuses pour m'être moqué de Madame Karmelkova comme ça. Sans le vouloir, je ne savais pas qui elle était, dit Angelu en rougissant très fort.

— Voilà ce qui arrive, quand on ne connaît pas quelqu'un, on ne voit que l'extérieur et on juge facilement, s'attrista Marvia.

— Marvia, c'est quand même vrai qu'elle a un drôle de nom, dit Angelu.

Louis éclata de rire.

— Ce n'est pas son vrai nom. Quand ils se sont enfuis de Lituanie, dans des vêtements de domestiques, les Soviétiques contrôlaient les documents à la frontière avec la Pologne, et eux, ils n'en avaient aucun, tout avait brûlé lors des bombardements. Et la mère de Madame Karmelkova, une femme qui avait le sens de l'humour, a sorti : Karmelki. D'après son histoire, le soldat soviétique a hésité, ils lui ont glissé dans la main une montre en or, il paraît qu'ils adoraient les montres, ils n'en avaient jamais vu avant la guerre, donc il a fermé sa bouche et il les a laissés passer. Plus tard, quand le père rouspétait à cause de ce nom, elle disait qu'il leur serait plus facile de vivre le communisme avec celui-là qu'avec le vrai.

— Louis, mais vous savez tout de Madame Karmelkova alors que vous dites que vous ne savez rien, s'étonna Angelu.

— Eh bien parce qu'en fait, nous ne savons pas grand-chose. Ce sont des histoires, racontées lors d'un dîner, quand il y a des invités et quand on a un peu bu. Nous ne savons pas si elle a des enfants, un mari, une famille, ni quelle est sa vraie profession. Il est évident qu'elle n'a pas été concierge toute sa vie, énumérait Louis.

— Mais ce que nous savons, chéri, c'est que c'est quelqu'un de bon. Et de sage. Et qu'elle est capable de faire de grandes choses. Tu te souviens? Des larmes apparurent dans les yeux de Marvia. Tu te souviens ?

— Oui, je me souviens.

Angelu n'osa pas demander de quoi ils se souvenaient. Il ne se sentit pas vraiment à sa place, un peu inculte. Il aurait aimé rattraper le temps perdu, connaître ces pays où les gens étaient si différents. Comme cette excentrique Madame Karmelkova. Un vrai, un grand mystère que même ses amis, qui habitaient tout près, n'avaient pas percé.

Louis se leva de table, alla dans la chambre à coucher pour répondre à un coup de fil. Il revint vite, annonça qu'il partait travailler. Marvia ne posa aucune question. Elle hocha juste la tête, compréhensive. Louis prit une douche, s'habilla, les salua d'un simple signe de la main et sortit de la maison en vitesse. Quant à eux, ils rangèrent la cuisine et s'assirent devant la télévision. Les nouvelles de la veille étaient dramatiques, bouleversantes. Angelu regardait toutes les images, il se disait que les larmes allaient lui manquer, mais elles continuaient à couler et il ne pouvait rien y faire. Il était surtout touché par les événements du Bataclan et par les actes héroïques entre les victimes. Certains étaient morts en sauvant la vie des autres.

Comment expliquer d'où vient le courage dans de telles situations ?

Marvia était assise dans un fauteuil à côté, mais le téléphone n'arrêtait pas de sonner, sa famille et ses amis du monde entier se faisaient du souci pour elle et voulaient lui parler. Quand au bout d'une heure elle termina les conversations, Angelu demanda :

— Tu parlais quelle langue ?

— L'arabe. Malheureusement.

— Malheureusement ?

— Oui, malheureusement. Ma langue maternelle n'existe plus.

— Ça veut dire quoi ?

— Ça veut dire que notre langue était l'araméen jusqu'à la conquête de nos terres par les Arabes.

— C'est horrible !

— Oui, c'est horrible. Madame Karmelkova dit que s'ils ont détruit notre langue, ils nous ont pris notre âme.

— Alors ça, ce n'est pas vrai ! s'écria Angelu.

— Ce n'est pas vrai, mais la langue est l'identité d'un peuple, donc elle a peut-être un peu raison, en fin de compte. Peut-être que nous ne sommes pas tout à fait ceux que nous aurions été s'ils ne nous avaient pas envahis, dominés, imposé leurs coutumes et leur culture.

— Marvia, je suis désolé, je ne sais pas grand-chose sur ce sujet, j'ai honte.

— Ne t'en fais pas, Angelu, chéri, tu es jeune, vis ta vie, profites-en, profite de chaque instant et sois heureux.

Il se faisait tard. Ils dînèrent des restes du déjeuner et Marvia proposa à Angelu qu'il dorme à la maison. Elle ne travaillait pas le lendemain, il pouvait éventuellement se lever plus tôt et passer se changer chez lui.

— Tu vas dormir ici, dans cette chambre au fond du couloir, comme ça tu seras au calme.

Le lendemain matin, Marvia trouva un message sur la table. Angelu était déjà parti, il s'était levé doucement et était sorti sans le moindre bruit, pour ne pas la réveiller.

Elle lut attentivement : « Merci, Marvia. Tu es si gentille avec moi. Cette nuit, tu es restée assise sur le bord de mon lit à me caresser délicatement les cheveux, pour que je dorme tranquille. Tu l'as fait, malgré ta propre fatigue. Merci. Mes amitiés à Louis. »

Marvia sourit tristement et se dit : « Pauvre Claire, malgré tant de prières et de messes à sa mémoire, elle ne peut pas s'en aller, partir en paix. »

Marvia s'agenouilla devant l'image de saint Charbel, elle joignit les mains et se plongea dans la prière. Depuis la mort de sa belle-fille, elle demandait au saint libanais d'en prendre soin. Cette enfant avait toujours été différente de tous les autres qu'elle avait connus, différente de sa propre fille aussi. Toute petite, elle dessinait déjà des choses qu'elle n'avait jamais vues, elle racontait des histoires qu'elle ne pouvait connaître, elle étonnait son entourage par son imagination. Claire et Sarah avaient le même âge, les parents s'étonnaient de ce curieux concours de circonstances qui leur avait permis de se trouver. Marvia élevait toute seule sa fille Sarah. Louis avait perdu sa femme un an avant leur rencontre ; elle avait lutté contre le cancer pendant deux ans. Malgré la détresse causée par sa perte, il savait qu'il devait accomplir la dernière volonté de son épouse, qu'elle lui avait imposée avant de mourir : elle avait voulu qu'il soit heureux et qu'il fonde une nouvelle famille.

Louis et Marvia s'étaient rencontrés lors d'une réception. Il s'avéra plus tard que leurs connaissances communes avaient organisé leur rencontre. Ils tombèrent sous le charme l'un de l'autre, mais tout au début, leur relation ne fut pas facile. Louis, inconsciemment, comparait Marvia à sa femme, tandis que Marvia était trop souvent irritée par les habitudes typiquement françaises de son compagnon, elle avait du mal à accepter son sens de l'humour et son manque d'ouverture. Il y eut des périodes où ils se quittaient soi-disant pour toujours, puis ils se retrouvaient à nouveau. Cela dura des années entières. Entre-temps, les deux filles étaient devenues amies et se considéraient comme des sœurs, sans prêter attention aux « caprices » des parents. Leurs familles respectives avaient aussi accepté cette union étrange, en y voyant un dessein de la providence, si clément dans ce cas.

Tous les deux, après avoir vécu des événements tragiques, avaient trouvé une paix, un havre. Ensuite, il y eut une période vraiment difficile, celle de l'adolescence des filles qui se rebellaient contre les « vieux » et, main dans la main, elles trouvaient des méthodes ingénieuses pour leur en faire voir de toutes les couleurs. Marvia et Louis commencèrent à se reprocher mutuellement un manque de conséquence et de discipline vis-à-vis des enfants. Louis passait de plus en plus de temps au travail, il était rarement à la maison; Marvia essayait de rentrer plus tôt, pour surveiller les deux filles, mais elles, de leur côté, faisaient tout pour passer un maximum de temps ailleurs, avec les copains. Elles partageaient la même chambre, dans laquelle régnait un tel désordre qu'il était impossible d'entrer. Les animosités se résorbèrent petit à petit et plus tard, leur souvenir s'habilla des couleurs bucoliques qu'on évoque avec nostalgie, car il y a des conflits qui deviennent insensés et ridicules, confrontés au temps et à l'expérience.

Ce jour-là, Marvia était au travail, mais les pensées occupées par autre chose. C'était le jour de l'anniversaire de Louis, le matin elle avait commandé un gâteau à la boulangerie près de chez eux et ce soir, il fallait absolument qu'elle arrive avant la fermeture, elle savait très bien que la patronne n'allait pas l'attendre. Le gâteau à la crème était une surprise, ainsi que la dédicace choisie.

Elle fut interrompue dans ses préoccupations par des clients du Proche-Orient. Ils étaient très nombreux : des femmes dans leurs longues robes, deux hommes et plusieurs enfants, en train de s'ennuyer, donc omniprésents. Ils touchaient à tout, se disputaient et couraient autour des meubles. Les femmes avaient l'air fatiguées par les courses, celles qui trouvaient un tabouret s'asseyaient un instant, entourées de sacs des grandes marques, d'autres s'appuyaient de tout leur corps sur le comptoir. Marvia leur consacra beaucoup de temps, elle mit de côté quelques flacons de parfum qu'elles avaient choisis et poursuivait les négociations : elle proposait, souriait, présentait des touches à sentir, vantait l'évolution des odeurs que les clientes avaient déjà sur les mains et sur les bords des foulards.

Elle était fatiguée, il faisait presque nuit, mais elle savait qu'elle ne pouvait pas relâcher sa vigilance ne serait-ce qu'une minute ; les clients du Proche-Orient sont difficiles et très exigeants, ils s'y connaissent en arômes comme peu de gens et lorsqu'ils décident du parfum choisi ils sont prêts à l'acheter en grosses quantités. Cependant, il suffit d'une parole ou d'un geste maladroit et ils s'en vont sans mot dire, alors que l'instant d'avant on avait l'impression que la transaction avait abouti. C'est pourquoi Marvia, tendue, déterminée et patiente, essayait de conclure la vente.

Elle sentit soudain une main serrer son épaule. Elle tourna nerveusement la tête pour rencontrer les yeux de Louis. En temps normal, elle lui aurait fait signe de s'éloigner et de l'attendre discrètement à côté, c'est ainsi qu'ils procédaient lorsqu'il venait la voir au travail pour une affaire urgente. En temps normal, mais là son visage était différent. De ses yeux rougis débordait la détresse. Elle la ressentit en une seconde, il n'y avait pas besoin de paroles. Elle laissa sa main l'entraîner à l'écart. Du coin de l'œil, elle vit qu'une collègue avait pris le relais auprès des clients. Louis était bouleversé, il avait du mal à respirer. Lui, toujours calme, même dans les situations les plus difficiles. Il dit juste : « Prends ton manteau et sors. » « Que s'est-il passé, Louis ? Je ne peux pas quitter mon travail comme ça » ; pourtant, elle courut le plus vite possible au vestiaire, attrapa son manteau et son sac et se précipita dehors. Elle tremblait de la tête aux pieds, sans savoir encore ce qu'elle allait entendre. Des pensées informulées se bousculaient dans sa tête. Elle courut, en se frayant un chemin entre les clients, lents et bavards, présents dans toutes les allées du magasin. L'air froid la surprit. Un moment plus tard, elle vit Louis de l'autre côté de la rue.

— Qu'est-ce qui s'est passé ? lui cria-t-elle droit dans les yeux.

— Ma fille est morte, articula-t-il à peine, d'une voix brisée.

— Quoi ? Qu'est-ce que tu dis ? Un instant plus tard : mon Dieu, mon Dieu, mon Dieu, qu'est-ce qui s'est passé ? Je l'ai vue ce matin, je lui ai préparé des toasts et du jus d'orange.

— Elle s'est tuée en moto. Son copain a survécu, il est à l'hôpital. Un camion. Près du pont de Neuilly.

Marvia n'arrivait plus à parler. Elle aimait Claire comme sa propre fille. Elle enlaça

Louis de tout son corps et elle sentit les battements rapides de son cœur, ses sanglots cachés. Soudain, l'univers entier cessa d'exister. Ils restèrent immobiles, sans prêter attention aux passants, ils n'entendaient ni les conversations ni les bruits de la rue. Ils étaient figés dans le vide de la désolation, condamnés à y rester à jamais.

Une silhouette apparut à côté d'eux, elle leur parla doucement – une collègue, comme il s'avéra ensuite – puis elle s'en alla.

Au bout d'un moment, Marvia se détacha de Louis. Elle dit juste : « Je reviens. » Elle retourna au magasin, s'arrêta devant son stand et annonça : « Je rentre chez moi, il s'est passé quelque chose de terrible, je ne sais pas si je serai là demain… » Et elle partit.

Ils retrouvèrent la voiture de Louis, garée assez loin, vers l'église de la Sainte-Trinité, et rentrèrent à la maison en silence. Madame Karmelkova les attendait dans la cage d'escalier, mais elle ne les importuna d'aucune question, elle savait déjà tout par Sarah qui avait pleuré et crié si fort. Madame Karmelkova, inquiète, avait frappé à leur porte pour se renseigner. La jeune fille s'était jetée dans ses bras et s'était écriée, entre deux sanglots : « Ma sœur est morte. »

À présent, Madame Karmelkova voulut simplement leur dire qu'elle était avec eux, qu'ils pouvaient compter sur elle. Et c'est ce qui s'était passé. Les jours suivants, ils avaient un repas chaud à leur disposition et de bons conseils pour régler les démarches administratives. Louis se rendait au travail. Plusieurs collègues le soupçonnèrent d'un détachement inhumain, face à une situation où un homme normal, brisé par de tels événements, prend un arrêt maladie. Pourtant, Louis continuait à s'occuper, avec ténacité, des affaires criminelles. Quelques officiers de police – comme lui –, qui le connaissaient depuis longtemps, comprirent que la discipline l'aidait à surmonter l'épreuve. Seuls ses cheveux, devenus blancs en une nuit, témoignaient de son choc. Même après la mort de sa femme bien-aimée, ses collègues ne l'avaient jamais vu aussi renfermé, aussi replié sur lui-même. Personne ne pouvait l'aider. Marvia, très éprouvée elle aussi, savait que son chagrin et son désespoir n'étaient pas comparables avec la détresse de Louis. Pendant quelques jours, elle n'alla pas travailler, elle avait appelé un médecin et lui avait demandé des sédatifs pour elle et pour Sarah. Le médecin l'avait tout de suite mise en arrêt de travail.

À l'église Saint-Julien-le-Pauvre, lors de la messe de funérailles, il y eut une telle foule que tout le monde ne put tenir à l'intérieur, certains restèrent dehors, autour de l'acacia, le plus vieil arbre de Paris. L'édifice du VIe siècle, l'une des plus anciennes églises de Paris, grecque-catholique melkite et le siège de la paroisse des chrétiens libanais, n'était pas en mesure d'accueillir les si nombreux amis de Claire et de leurs parents. Marvia vit beaucoup de larmes sur les visages des personnes qui présentaient leurs condoléances, mais à ce moment-là, elle était incapable de leur donner des noms, même si elle connaissait bien ces gens au quotidien. Elle n'arrivait même pas à les remercier d'être venus. Elle s'inquiétait pour Louis : plus il semblait calme et renfermé sur lui-même, plus ça lui semblait dangereux. Elle ne savait pas combien de temps il allait supporter cette détresse cachée sans exprimer ce qu'il ressentait, figé, isolé, froid.

Madame Karmelkova resta debout à côté de la porte de l'église, seule. Elle priait dans sa langue, tout doucement. Ses lèvres bougeaient rapidement, en chuchotant des mots qu'elle était la seule à comprendre. Pour l'occasion, elle portait un vieux manteau de couleur sombre, d'une époque révolue, et un chapeau qui, semblait-il, avait déjà beaucoup vécu ; malgré cela, elle avait l'air d'une grande dame, élégante et distinguée.

Durant des semaines, elle les avait aidés de son mieux, en leur apportant des plats chauds qu'ils n'avaient encore jamais goûtés et en faisant parfois les courses, parce que Marvia semblait anéantie et que

Sarah se comportait comme si elle avait décidé de se laisser mourir de faim.

Ça s'était passé quand, déjà ? Il y avait deux, trois ou peut-être quatre ans ? Aujourd'hui, on était le 14 novembre. L'histoire de la fin tragique de Claire appartenait au passé, en apparence. Dans les journaux que Madame Karmelkova avait glissés sous la porte figurait une multitude d'articles et de reportages au sujet des événements de la veille, la liste des victimes et leurs photos… Sur celles du Bataclan, il y avait beaucoup d'artistes, de graphistes, de photographes…

Une histoire de Madame Karmelkova

Madame Karmelkova était au volant de sa Simca 8 coupé. Lorsqu'elle roulait avec, certaines personnes la regardaient avec curiosité ou admiration, puisque la voiture n'existait plus sur le marché depuis longtemps ; d'autres avec dédain, car elle ne roulait pas très vite et il leur fallait la dépasser. Certains klaxonnaient ou tournaient la tête pour voir qui conduisait.

C'était un jour nuageux, un de ceux où l'on manque de lumière, pas tout à fait hivernal, mais déjà dépourvu du charme doré de l'automne. Les feuilles s'étaient toutes envolées des arbres, par endroits elles avaient été balayées, mais souvent, elles restaient sur les trottoirs, on pouvait glisser dessus et tomber, en tout cas on n'avait pas envie de marcher sur ce terrain instable, humide, qui s'accrochait aux chaussures. Madame Karmelkova avait justement choisi ce jour pour prendre soin de sa voiture et la laver à la station-service. Devant le poste de lavage, il y avait déjà une file d'attente de plusieurs véhicules et derrière le sien en arrivèrent d'autres. Quand enfin ce fut son tour, Madame Karmelkova démarra pour se rapprocher de la laverie avec toutes ses installations modernes. Elle sortit de l'auto, glissa la carte dans la machine et choisit le programme initial : le rinçage. Elle enleva au jet la première couche de saleté, en essayant de laver aussi la boue et la mousse des joints des vitres et des phares. Au début, elle avait pensé que c'était peut-être sa voiture, étant donné son grand âge, qui avait cette particularité de faire pousser de la mousse, mais la mousse poussait également sur d'autres véhicules, surtout dans les quartiers proches de la Seine, elle s'en rendit vite compte. Paris était une ville humide. À présent, elle tentait de se débarrasser de ces excroissances, ce qui n'était pas du tout facile. Elle manœuvrait le tuyau en s'efforçant d'atteindre les recoins avec précision. Elle remarqua que le conducteur de la voiture de derrière s'impatientait de plus en plus.

Il finit par descendre, s'adossa au capot de son imposant quatre-quatre et se mit à suivre chacun de ses faits et gestes, en même temps qu'il adressait des commentaires, de plus en plus forts et agressifs, aux autres conducteurs. Madame Karmelkova essaya de l'ignorer. Elle changea de programme, choisit le suivant : « mousse active », et commença à couvrir sa voiture d'une couche d'écume dense et abondante. L'homme, furieux qu'elle ne se soit pas limitée au rinçage, s'approcha d'elle et dit : « J'espère que vous vous occupez aussi soigneusement de votre mari » et il ricana grossièrement, satisfait de sa blague. Madame Karmelkova vit en une seconde quel genre de personnage il était : vieux, visqueux, les dents jaunes et gâtées, en parlant il répandait une odeur très incommodante. Sa voix rauque et désagréable de personne sûre d'elle et de son humour provoqua chez Madame Karmelkova un sentiment de haine et une envie de revanche. Elle dirigea le tuyau vers lui et, avec détermination et précision, elle se mit à le couvrir d'une couche épaisse de mousse. En quelques secondes, il eut l'air d'un grand bonhomme de neige, immobile qui plus est. Au début, il dut être choqué par sa réaction et son audace, puis autre chose l'empêcha de bouger. Toute la scène, inattendue pour son initiatrice elle-même, ne dura que quelques instants, mais suffisamment longtemps pour que tous les conducteurs sortent de leurs véhicules, pour qu'arrive au pas de course l'employé de la station-service, que l'on commence à crier au secours et qu'enfin quelqu'un téléphone à la police. Dans l'intervalle, le bonhomme de neige s'était ranimé et il avait commencé à secouer la mousse de ses vêtements, à essuyer son visage et à vociférer, à crier les pires injures de son vocabulaire. Il était trempé, la mousse s'était liquéfiée par endroits, ailleurs elle était restée écumante. Madame Karmelkova se tenait debout, comme songeuse, son sourire vindicatif avait disparu de ses lèvres. Dans la foule, seules deux commères s'étaient manifestées. Personne ne les écoutait, alors qu'elles essayaient d'établir un contact avec la victime. La foule restait silencieuse, passive. L'employé de la station-service se mêla à la discussion des femmes et il appela à nouveau les secours. Peu après arriva un véhicule de police et deux jeunes agents en descendirent. Ils savaient déjà ce qui s'était passé et ils voulaient noter les identités de tous les témoins présents qui, maintenant, essayaient de fuir leurs responsabilités. Les deux commères perdirent subitement la mémoire et expliquaient qu'elles se trouvaient derrière et n'avaient pas vu grand-chose. Alors, un jeune homme s'avança. Jusqu'à présent, il s'était tenu à l'écart, discret, probablement un peu timide. Madame Karmelkova se dit qu'il était peut-être étudiant ou venait juste de terminer ses études. Elle se dit aussi qu'il était charmant, habillé avec soin, sans doute issu d'une bonne famille. Le jeune homme déclara être prêt à témoigner, car il avait observé toute la scène depuis le début et il regrettait seulement de n'avoir pas eu le courage d'intervenir plus tôt, avant que la situation se dégrade. Il tendit sa carte d'identité à l'un des policiers qui nota ses coordonnées et lui demanda un numéro de téléphone. Le garçon le lui dicta et ajouta qu'il pouvait se rendre au commissariat sur le champ pour y faire sa disposition.

Angelu

Angelu se leva plus tôt que d'habitude. La veille, Jennifer lui avait envoyé un message au sujet d'une visite de la direction. Non seulement son poste de travail devait être propre et resplendissant, avec des testeurs tous neufs, mais lui-même devait se présenter différemment. Pas question de maquillage, de faux ongles ni de boucles d'oreille, encore moins dans le nez. Voilà pourquoi il s'était levé plus tôt, fatigué comme tous les matins depuis qu'il avait commencé son traitement hormonal. Il se sentait comme une femme en pleine ménopause, avec tous les symptômes de cette période : bouffées de chaleur, migraines, fatigue et irascibilité. Il savait qu'il était à fleur de peau et il pleurait souvent. Ce matin aussi, il était fatigué et encore plus malheureux à cause de cette interdiction de souligner sa beauté, sa féminité de plus en plus présente dans son apparence. Il jeta un coup d'œil sur l'écran de son portable. Trois nouveaux messages de Jennifer. Il grimaça avec dégoût. Il y avait des jours où elle lui téléphonait jusqu'à vingt-cinq fois, avec de nouvelles consignes, remarques, questions. Avec ses collègues, ils la surnommaient « Castratrice », « Suceuse des âmes » ou « Coupeuse des ailes ». En se rendant au travail, à la seule idée d'avoir à traiter avec elle, les employés sentaient leur estomac se nouer.

Ce matin-là, Angelu restait assis sur son lit, incapable d'affronter le combat qui allait suivre. Où puiser les forces pour un nouveau jour ? Sans savoir pourquoi, il se souvint du conte de La Petite Poucette dans sa coquille de noix. Il aurait voulu maintenant naviguer dans une telle coquille, se recroqueviller à l'intérieur et s'abandonner à l'univers immense. Il tendit la main pour enlacer un ours en peluche qui l'accompagnait partout, depuis qu'il était tout petit. Il lui avait toujours semblé que ce vieux nounours allait le protéger du monde entier, remplacer son père et sa mère, le guérir des amours qui l'avaient blessé, qu'il n'arrivait pas à oublier et dont il ne pouvait se libérer. Le nounours avait son odeur et un minois tout aussi triste que le sien. Angelu les berça tous les deux, lui-même et la peluche, en serrant de ses mains les pattes de l'ours. Un rayon de soleil pénétra dans la chambre à travers les volets entrouverts. Angelu sourit soudain et se dit que, malgré tout, il était heureux, il réalisait ses projets, il était jeune et le monde suffisamment grand pour qu'il y trouve sa place, qu'il allait à nouveau aimer dessiner et danser, qu'il y avait en lui de l'amour envers le monde et envers Dieu. Oui, envers Dieu, il croyait que Dieu l'aimait, d'un amour différent de ceux qui promettaient, promettaient sans cesse… Le rayon de soleil se réalisa en lui. Il posa son nounours, se leva et alla dans la salle de bain. Il regarda longuement dans le miroir son visage qui devenait tous les jours plus délicat et sa peau plus fine et blanche. Il scruta son corps qu'il n'avait jamais aimé. Il lui semblait moins masculin, peut-être que ce corps s'envolait au loin. Il se passait quelque chose qu'il n'arrivait pas toujours à cerner, bien qu'il ait étudié sur Internet tous les changements à venir et que les médecins les lui aient expliqués en détail. Par moments, il était lui-même et à la fois ailleurs. Ça aussi, c'était normal, semblait-il. Il aimait cet état, même s'il le fatiguait et l'inquiétait, parfois.

Il se doucha, coiffa sa belle crinière sur le côté et, furieux, frustré de ne pas pouvoir mettre ne serait-ce que du mascara sur ses cils, il sortit de la maison. Il prit le métro, bondé comme d'habitude, et il se dit qu'au moins aujourd'hui, il n'allait pas entendre de remarques douteuses à son sujet, servies du bout des lèvres par certains. Il méprisait tous ces gens, détestait leur bêtise, leur ignorance et leur grossièreté. Bien qu'il n'ait pas de maquillage, il dérangeait, il agaçait… Les uns faisaient exprès de le bousculer, d'autres souriaient, ironiques. En général, il répondait par un sourire ou engageait la conversation sous un quelconque prétexte et ils n'avaient pas le cran de la poursuivre. Pourtant, aujourd'hui, il n'avait pas la force de tenir tête à ces froussards idiots. Heureusement, au travail, tout le monde l'attendait avec un mot chaleureux et voulait absolument déjeuner avec lui. La plupart du temps, il était obligé de refuser, il ne pouvait pas satisfaire toutes les invitations.

En chemin, il acheta un croissant et un café et il cessa de penser à sa triste matinée. Il entra dans l'église Saint-Louis d'Antin, à l'origine la chapelle d'un couvent de capucins avant de devenir le siège d'une paroisse. Marcel Proust y avait été baptisé. L'église partageait ses murs avec le Printemps. Angelu s'approcha de l'autel de la Vierge. Il venait ici à chaque fois qu'il arrivait en avance au travail. Il venait vers Elle, pour qu'Elle l'entende. Il se plongea dans la prière, ressentit de la douceur, de la paix et de l'amour qui l'entourèrent d'un rayon de lumière. Il ne pensait à rien. Il restait là, les yeux rivés sur le visage de Marie. Il lui semblait que la statue devenait vivante, que les plis de sa robe bougeaient, que le visage de pierre couronné lui souriait. Autour, tout scintillait, dans une communion de flammes, de nombreuses lumières des bougies allumées par les gens qui étaient venus ici avant lui et avaient déposé leurs demandes et leurs espoirs.

Soudain, il sentit une main délicate sur son épaule, comme si la personne qui l'avait posée avait peur de le déranger et en même temps avait besoin de le toucher. Il se retourna et un sourire radieux se dessina sur son visage. « Marvia, ma fleur ! » « Angelu, chéri, viens maintenant. J'étais là à attendre que tu aies fini de prier, mais tu as complètement perdu la notion du temps. Tu vas être en retard au travail, si tu restes là. »

Ils sortirent de l'église.

— Combien de temps j'y suis resté ?

— Plus d'une demi-heure, chéri.

— Oh là là, je ne peux pas être en retard aujourd'hui. Jennifer vient tout inspecter avant la visite de la grande direction.

Pendant qu'ils se tenaient ainsi face à face, Angelu examinait le visage de Marvia, il promenait son regard sur chaque détail : le front, barré de quelques rides horizontales, sur lequel un nuage de pluie s'était accroché aujourd'hui, la bouche où s'était développé un sourire amer. Il voyait des yeux noisette aux vaisseaux rougis, pleins d'amour et de tristesse, et enfin son regard s'arrêta sur ses joues marquées de deux lignes blanches de larmes séchées. Ces larmes avaient probablement coulé lorsqu'ils étaient devant la statue de la Vierge, sauf qu'il ne savait pas que Marvia se recueillait aussi, qu'elle était restée si longtemps pour attendre qu'il sorte de l'univers dans lequel il s'était immergé.

Marvia, de son côté, scrutait le visage d'Angelu, de plus en plus féminin, un visage de fillette, aux traits délicats, le nez fin, les lèvres qu'il avait un peu repulpées avec du botox pour les rendre plus sensuelles. Elle regardait ses yeux bleu clair, de la couleur du ciel d'un matin d'été, dans lesquels se reflétaient une multitude de sentiments opposés : détresse, déception, douleur, tristesse, joie, espoir et beaucoup d'amour et de bonheur. Elle aimait ce garçon bizarre comme un fils. Elle s'inquiétait pour lui, parfois elle avait peur, mais elle se réjouissait de chacun de ses sourires, car il semblait alors que le soleil sortait de derrière les nuages.

— Pourquoi tu as pleuré, Marvia, ma fleur ?

— Nous sommes le jour où Claire est décédée… et c'est l'anniversaire de Louis. Elle nous a quittés le jour de son anniversaire.

Angelu la serra dans ses bras de toutes ses forces et ils restèrent ainsi, enlacés. Et ils s'envolèrent ensemble au-dessus du quartier agité de Paris, au-dessus de la coupole du Printemps. Les nuages et toute cette ville en folie, ils les avaient laissés en bas tandis qu'ils planaient dans l'espace, s'orientaient vers le soleil, là où il n'y avait que de la lumière, sans aucune ombre. Là où il n'y avait que la chaleur et un amour triste. Et le calme. Le temps et les idées n'existaient plus. Soudain, le néant se refléta dans le miroir des pensées et Marvia fut la première à retomber sur la terre ferme, en tirant Angelu par la main.

— Viens, il faut courir, tu ne peux pas être en retard ! Cours sans moi, s'il te plaît, moi, je ne peux plus le faire. Cours au travail, chéri.

Quand Angelu arriva essoufflé à son stand, Jennifer était déjà là. Elle l'attendait, les mains sur les hanches, comme une marchande à la sauvette et elle tapait du pied en signe d'impatience. Il s'approcha, elle tendit vers lui son poignet et tapa ostensiblement sur le dessus de sa montre. « Deux minutes de retard ! Qu'est-ce que tu imagines ? Que je te paie pour ne rien faire ? Tu dois arriver à l'heure ! Tu as encore fumé un pétard avant de venir ? »

Elle hurlait, mais il ne l'écoutait plus. De sa bouche étaient en train de sortir des serpents et des vipères, gris et visqueux, qui entouraient son cou, puis son corps. Il voulut la prévenir, mais elle ne lui laissait pas la parole. Quand il essayait de placer un mot, elle hurlait encore plus et le menaçait d'un doigt à l'ongle limé en pointe. Ses mains soignées prouvaient qu'elles n'avaient jamais exercé de tâches ménagères ; elles étaient habillées de nombreuses bagues en or serties de pierres précieuses. Angelu se demanda pendant une seconde si elle avait mis aux doigts toutes celles qu'elle possédait ou si elle en gardait encore d'autres dans un coffre. Elle avait posé sur le comptoir son manteau Chanel, son sac Louis Vuitton sur un tabouret.

— Tu n'es même pas allé voir si la cam était arrivée, poursuivait-elle.

— Ça veut dire quoi, la « cam » ? demanda Laura, sa collègue étrangère qui ne connaissait pas tous les mots de leur langage courant.

Sa question amusa Angelu et le sortit de l'état de terreur imposé par Jennifer.

— C'est de l'argot, Laura. « Cam » vient de « camelote ». Ce n'est pas un mot très élégant, tu n'es pas obligée de le connaître, dit-il posément, content de pouvoir se venger de Jennifer.

Pendant un instant, Jennifer, époustouflée, ne sut comment réagir.

— Tu es très mal coiffé, cria-t-elle. Il faut que tu fasses quelque chose avec cette crinière.

— Moi, j'aime beaucoup, s'immisça Laura, tu es très beau aujourd'hui, Angelu.

Cette remarque rendit Jennifer encore plus furieuse, mais comme elle avait constaté que les deux étaient du même bord, elle décida de changer de tactique.

Elle ne dit plus rien, elle enleva ses ballerines Repetto, les poussa sous une chaise et, en collants couleur chair, elle se mit à nettoyer le tapis. De temps en temps, elle se baissait pour ramasser des boules de poussière qui s'étaient formées sous ses pieds et elle allait les jeter à la poubelle. Consternés, Angelu et Laura la regardaient faire. Debout l'un à côté de l'autre, avec leurs épaules qui se touchaient, ils essayaient de maîtriser leurs sentiments contradictoires.

Lorsqu'elle eut fini de balayer le tapis avec ses pieds, Jennifer se posta devant eux. Avant de remettre ses souliers, elle les menaça de son doigt et cria : « Interdiction de marcher sur les bandes foncées ! » De temps en temps, de derrière le meuble, surgissaient les têtes des collègues des autres stands ; les yeux écarquillés, ils faisaient des grimaces et disparaissaient. Jennifer ne les voyait pas, submergée par le monde de sa furie.

Soudain, comme sous l'impulsion d'une nouvelle force inconnue, elle changea d'humeur et sourit. Ses grands yeux, de la couleur d'un bronze profond, devinrent plus chaleureux. Elle s'approcha d'Angelu et de Laura et caressa leurs mains, elle les saisit de toutes ses forces et les retint dans les siennes. Trop longtemps. Ils savaient tous les deux qu'elle était à présent exténuée, dépourvue de sa propre énergie et qu'elle avait besoin de se ressourcer, comme un prédateur, qu'elle était en train de voler leurs précieuses forces vitales. Et qu'elle allait bientôt partir, nourrie et contente d'elle-même, de ses astuces et de ses ruses. Ils n'avaient aucun moyen pour lutter contre cela. C'était la même chose à chaque fois. Elle arrivait, elle les tourmentait et quand elle s'était bien défoulée, elle venait vers eux pour boire leur sève de vie. Et elle repartait, satisfaite de sa prestation, le sourire aux lèvres. Son sourire était joli, son visage changeait, semblait presque sympathique. Étaient-elles deux ? Deux Jennifer ? Aujourd'hui aussi, elle s'en alla en leur souhaitant « Bon courage ». Lorsqu'elle disparut au fond de l'escalator, ils se regardèrent dans les yeux, éclatèrent d'un rire longtemps contenu, en se cachant derrière la paroi du stand et ils rirent longuement, à s'en tenir les côtes, ils s'étranglaient en essayant de freiner la cascade de sons, ils essuyaient les larmes avec les doigts, ils se serraient les mains, jusqu'à ce qu'ils perdent leurs forces, vidés. Ils ressentirent de la fatigue et de la tristesse à l'idée de leur propre impuissance.

À un moment donné, ils se consultèrent. Dans leurs yeux brillèrent des étincelles malicieuses. En silence, ils se mirent à piétiner les côtés foncés du tapis. Les collègues des autres stands les observaient, en les prenant pour des fous, mais eux, ils ressentaient une satisfaction sans limites, comme s'ils se vengeaient de ce qui venait de leur arriver.

Ce soir-là, Angelu prit sa décision : il ne retournerait plus au travail, à ce travail. Son corps constamment fatigué ne supporterait pas une autre journée comme celle-ci. Parfois, il avait l'impression qu'un de ces jours, son cœur allait tout simplement cesser de battre, fatigué et triste. Il n'avait pas peur de la mort, ce n'était pas elle qui le dérangeait. Il n'avait pas la force de supporter plus longtemps la bêtise humaine, infinie. Pendant plusieurs heures, il marcha dans les rues de Paris, là où il n'y avait pas de bars ni de gens susceptibles de l'importuner. Il se promena dans le huitième arrondissement où, à cette heure, tout le monde dormait depuis longtemps, en proie au même rêve planétaire de la peur, d'une angoisse commune et éternelle. Il réfléchissait à ce que Marvia lui avait dit au sujet de la dépression, qu'il était facile de tomber dans ce piège, comme dans celui de tous les tracas, il suffisait d'un moment d'inattention. Il se fichait de diagnostiquer son état. L'autre jour, le médecin qui l'avait sauvé à l'hôpital quand il avait fait une overdose avait essayé de lui parler, mais il ne comprenait pas qu'ils venaient de deux planètes différentes. Il ne s'agissait pas de mourir, il s'agissait de ne plus pouvoir vivre. Cette nuit, il ne savait pas quoi faire. Le plus simple serait de retourner en Corse, dans sa famille, parmi les siens. Le plus simple pour tout un chacun, sauf pour lui. Toute la contrée parlait déjà de lui, on disait qu'il n'irait pas au ciel. Il pouffa de rire, ce qui effraya un chat dans les buissons. Il se souvint de sa vie là-bas, quand il descendait à cheval sur la plage pour faire fuir les touristes. Et de sa mère qui courait derrière lui, effarée, en criant : « Angelu, espèce de fou, qu'est-ce que tu fais ?! Attention aux touristes ! » Lui, il les détestait tous, ils venaient sur les plages de son île, ils les salissaient, ils se moquaient de l'accent corse. Il se souvint d'une nuit de canicule où il était descendu dans la cuisine pendant que tout le monde dormait, il avait ouvert le réfrigérateur, il y avait mis ses pieds nus et assis, il dégustait le tiramisu que sa mère avait préparé pour le lendemain. Il était si absorbé par ce moment de pur bonheur qu'il n'avait pas vu sa mère arriver. Tout d'un coup, elle lui avait tiré l'oreille et crié : « Oh baulu ! » Il avait eu mal, mais il avait ri de sa mauvaise conduite. Ce qu'il préférait, c'était cueillir des figues dans le jardin. Il en mangeait, il en jetait aussi contre les murs pour qu'elles y laissent leurs traces violettes, mais son plus grand plaisir était d'en bombarder ses frères. Il était mort de rire en voyant les fruits dégouliner sur leurs fronts. En entendant les hurlements, sa mère sortait de la maison et tentait de séparer ses garnements insupportables en pleine guerre de figues. Aujourd'hui, ces souvenirs le remplissaient de bonheur. Sa maison lui manquait, sa mère avec sa tendresse et ses punitions, ses frères, même les empoignades avec son père. Mais comment pouvait-il revenir ? Ils ne le comprenaient pas, peut-être même que ses idées folles les effrayaient... Et à présent, il était officiellement déclaré paria. Il pensa à son père. Avant que n'éclate leur dernière horrible dispute, il était venu à Paris. C'est grand-mère qui lui avait imposé de s'expliquer avec son fils. Le premier soir, ils avaient hurlé tous les deux comme des damnés. Ils se trouvaient dans un bar proche de la maison. Le barman les avait fait sortir, en menaçant d'appeler la police. Ils étaient rentrés. Le père avait pleuré toute la nuit. Ce Corse si fort avait pleuré comme un enfant. Parce qu'il aimait son fils et ne pouvait pas supporter ce qui lui arrivait. Parce qu'il ne comprenait pas.

Angelu s'arrêta soudain de marcher, il sortit son portable de son sac à main et retrouva le numéro de téléphone de son père.

L'histoire de Louis

Louis avait un jour de congé, il regrettait de ne pas aller travailler, de ne pas pouvoir s'occuper d'une affaire qui aurait accaparé toute son attention, sans qu'il ait à penser que c'était justement, aujourd'hui, un anniversaire de plus. Il n'avait aucune envie de répondre au téléphone. Il savait bien que tous ses proches se sentaient mal à l'aise en lui présentant leurs vœux, il était évident que cela aurait été mieux, plus facile pour tout le monde si son anniversaire avait pu avoir lieu à une autre date. Même la mémoire de sa femme et de sa maladie ne suscitait pas autant de sentiments atroces que ce jour.

Quand il s'était réveillé ce matin, Marvia était déjà dans la salle de bain, elle se préparait pour aller au travail. Elle avait probablement dormi dans le salon sur le canapé, pour ne pas le déranger, pour qu'il n'entende pas le son du réveil. Elle entra dans leur chambre pour prendre ses vêtements. En voyant qu'il ne dormait plus, elle s'approcha du lit et se pencha vers lui, pour l'embrasser. Il vit des larmes dans ses yeux, même si elle forçait sa bouche à sourire.

— Je t'ai préparé ton petit-déjeuner, Louis. Tu veux que je te l'apporte, pendant qu'il est encore chaud ?

— Non, ma chérie, je vais me lever.

— Qu'est-ce que tu vas faire aujourd'hui ? Tu as des projets ? J'aurais tant aimé passer cette journée avec toi ! On aurait pu faire un tour en bateau sur la Seine. L'automne est si beau cette année.

— Ne t'occupe pas de moi, je vais trouver quelque chose à faire. Je te remercie de ne pas me souhaiter bon anniversaire. C'est ce que je redoute le plus.

— Je te présente mes vœux uniquement par la pensée.

— C'est pour ce silence que je te suis reconnaissant.

— Nous nous retrouvons ce soir, d’accord ? Je serai là vers dix-huit heures. Tu seras rentré ? Si tu sors…

— Si je sors, je serai probablement rentré d’ici là.

Ils restèrent enlacés encore un moment. Marvia prit les vêtements qu’elle avait choisis, retourna encore dans la salle de bain revoir son maquillage et partit. Il l’entendit discuter avec Madame Karmelkova. Il se retrouva tout seul, avec la peur de ses propres pensées. Cela faisait plusieurs fois qu’il se disait que la vie, sa vie, n’avait pas le moindre sens. Dans un tiroir fermé du bureau, il y avait un pistolet. Il était le seul à avoir la clé. Il y avait réfléchi souvent : un instant de souffrance et ce serait terminé. Il arrêterait de penser, de regretter et de se souvenir. Puis la raison prenait le dessus. Comment pourrait-il être aussi égoïste ? Marvia allait rentrer du travail et le retrouver avec la tête fracassée ? Ce serait vraiment trop pour elle. Elle avait déjà vécu et perdu tant de choses ! Il en arrivait toujours aux mêmes conclusions et il avait honte. Il est difficile de supporter ses pensées, la douleur est parfois indicible, mais il faut faire avec, bouger, ne pas rester sur place. Il se leva et alla dans la cuisine. Sur la table, il y avait une cafetière avec du café chaud, une assiette de canapés, des œufs brouillés et une namoura comme dessert. Au milieu, un petit cœur rouge, sur lequel Marvia avait écrit : « Je t'aime ». Il sourit et se mit à manger. Il ne savait absolument pas que faire de sa journée. Dans le courant de l'après-midi, il se décida à sortir. Dans la cage d'escalier, il rencontra Madame Karmelkova qui lustrait les rambardes.

— Ah, Madame Karmelkova, pourquoi vous n'arrêtez pas de lustrer ces rambardes ?

— Parce que c'est un prétexte pour bavarder avec les voisins, répondit-elle en souriant, espiègle.

— Madame Karmelkova, vous n'avez tout de même pas besoin de prétexte pour passer chez nous boire un thé ?

— Oui, oui, je passerai, Clovis, mais pas aujourd'hui. Aujourd'hui, je vais au commissariat. Ils m'ont convoquée à nouveau.

— À cause du bonhomme de neige de la station de lavage ?

— C'est ça. Sauf que maintenant, l'accusé, c'est le bonhomme de neige. Le jeune homme qui avait pris ma défense m'a présenté sa mère. Elle est avocate, une femme adorable, d'ailleurs, et elle fait tout pour que le bonhomme soit puni.

— En somme, vous vous amusez bien ?

— Je crois que oui. Vous savez, parfois, dans des situations complètement inattendues, on peut faire connaissance avec des gens et se lier d'amitié. Et de manière générale, Louis, souvenez-vous toujours que dans la vie, l'espoir surgit parfois d'une façon inattendue, il tombe du ciel comme les feuilles d'un arbre. Je suis vieille et je sais de quoi je parle.

— Merci, Madame Karmelkova, je m'en souviendrai. Passez une bonne journée !

— Bóg z tobą, synu*, dit-elle dans sa langue, incompréhensible pour lui, puis elle lui tourna le dos et rentra dans sa loge. Elle était au bord des larmes et elle ne voulait pas qu'il le voie. Pas plus tard que ce matin, lorsqu'elles s'étaient parlé dans l'escalier, Marvia pleurait presque en lui racontant la peine qu'elle avait pour Louis.

Louis sortit dans la rue. Il fut étourdi par le vacarme et par le soleil, un soleil de septembre, encore limpide et joyeux. Il avait aimé cette période de l'année, où il était venu au monde, c'était un peu la sienne. À présent, il aurait préféré ne pas avoir de jour de congé quand le soleil brillait. Il eut envie de se donner un coup de pied pour avoir de telles idées. Il repensa à Marvia, c'était pourtant un don du ciel de l'avoir rencontrée sur son chemin. Comment se serait déroulée sa vie sans elle ? Il aurait probablement sombré dans l'alcool ou

* « Que Dieu t'accompagne, mon fils. »

il serait devenu un accro du travail et il n'aurait même pas su élever Claire.

Claire… Les images de sa fille défunte défilèrent devant ses yeux. Le jour où elle était venue au monde. Il avait été si heureux ! Comme elle ressemblait à sa mère, depuis le début. La même peau transparente, des yeux gris et des cheveux blonds. Elle grandissait, il lui apprenait à marcher, à jouer avec des cubes. Ils s'amusaient ensemble par terre, dans le petit appartement, rue de l'Amiral-Roussin. Et les vacances en Bretagne, les bains dans la mer froide. Il se rappelait toutes les expéditions sur les plages rocailleuses. Claire aimait lui faire jouer des rôles qu'elle inventait. Une fois, il devait faire semblant d'être un roi, une autre fois un marin dont le bateau venait de sombrer. Ou le chef de l'équipe de travaux pour construire des châteaux de sable. Jeanne, sa femme bien-aimée, les regardait jouer, en mettant de côté le livre qu'elle était en train de lire. C'est ainsi qu'il se souvenait de son épouse : en chapeau de paille, un livre à la main, sur un transat. C'est cette image qu'il appelait quand apparaissaient des visions plus récentes, de la période de sa maladie. Il les recouvrait alors de son souvenir heureux.

Perdu dans ses pensées, il marchait, sans prêter attention à ce qui se passait autour. Il se trouva devant la porte du parc des Buttes-Chaumont, il y entra, sans vraiment se rendre compte que c'était un parc, le plus romantique et le plus mystérieux de Paris. Il marchait un peu comme un automate qu'on aurait programmé pour avancer sans se soucier d'un but précis. On était en milieu de semaine, le parc était désert, il n'y avait pratiquement personne ni dans les allées ni sur les bancs. Le vent n'avait pas encore fait tomber les feuilles, elles commençaient à se vêtir des couleurs de l'automne. C'est bien pour ça que le mois de septembre avait été si merveilleux, avant. Fatigué de marcher, Louis s'assit sur un banc et cacha son visage entre ses mains. Il sanglota : « Claire, où es-tu ? » Il resta ainsi pendant un long moment, où le temps s'était arrêté, où il avait cessé d'exister, les aiguilles de la montre étaient devenues immobiles. Il ressentit soudain un grand soulagement, qu'il n'avait pas connu depuis des années. Il écarta ses mains, dévoila son visage au soleil et ouvrit les yeux. Il voyait maintenant les milliers de teintes chaudes des feuilles, il entendait une mélodie chantée par le vent. Il se dit que peut-être il venait d'être ensorcelé et il sourit à cette pensée. Il resta assis encore, il n'arrivait pas à s'abandonner à l'état de légèreté qui était venu libérer sa poitrine. Il se leva et se remit à marcher, sans plus penser à rien. Sous ses pieds crissaient des gravillons, en répandant la même mélodie que le vent. Soudain, il se baissa, ramassa quelque chose par terre. Un petit bout de tissu. Une étiquette pour vêtement. Il n'en revenait pas. Il se frotta les yeux. Il regarda à nouveau. Non, il ne s'était pas trompé. Il serra l'étiquette très fort dans la paume de sa main, pour ne pas la perdre. Il scruta les environs, il n'y avait personne. Il leva la tête. L'étiquette serait tombée du ciel ? Oui, Madame Karmelkova le lui avait dit ce matin. Comment avait-elle su ? Qui était réellement cette femme étonnante ? Existait-elle vraiment ? Était-elle de notre univers ? Il sentit son cœur battre si vite qu'il n'arrivait pas à le calmer. « Claire, ma chérie, merci, merci, je sais que c'est toi, que ça vient de ta part. Maintenant, je sais que c'est un signe que tu m'envoies. » Il parlait à voix haute et observait les environs, dans l'espoir de la voir apparaître dans une allée latérale. « Peut-être que je suis devenu complètement fou, peut-être que rien de tout ça n'est réel… » Il ouvrit la main et regarda à nouveau le petit bout de tissu. Non, il n'était pas fou, cette chose était palpable. Il la rangea soigneusement dans son portefeuille, à côté de la photo de Claire. Il avait peur de la perdre, même en serrant le poing de toutes ses forces, du mieux qu'il pouvait.

Il sortit du parc et se mit soudain à courir. Il avait marché pendant plusieurs heures, n'avait rien mangé, avait perdu la notion du temps, alors que Marvia devait déjà être rentrée. Il continua à courir. Les passants le regardaient, étonnés : pourquoi cet homme d'âge mûr est-il si pressé et pourquoi a-t-il le sourire aux lèvres ? Tout à coup, il vit un fleuriste. Essoufflé, il entra dans la boutique et demanda deux bouquets de fleurs. Il discuta avec la vendeuse jusqu'à ce qu'ils se mettent d'accord sur la composition. Au moment de payer, il sortit son portefeuille et pendant une seconde, il s'imagina que ce n'était qu'une blague, que le petit bout de tissu n'avait jamais existé. Juste avant cette pensée était arrivée une autre : il avait peut-être perdu son portefeuille en courant. Il devint tout pâle et n'écouta plus les paroles de la fleuriste. Doucement, comme dans un ralenti cinématographique, il sortit son portefeuille. Il aurait donné n'importe quoi pour ne pas avoir à l'ouvrir, pour ne pas affronter un possible désenchantement. Il l'ouvrit malgré cela et vit la photo d'une Claire souriante. Il lui sembla même qu'elle lui avait fait un clin d'œil. À côté, il y avait le minuscule morceau de tissu, soigneusement plié en quatre. Il respira fort et tendit sa carte de crédit à la fleuriste.

— Ça va, monsieur ? entendit-il la voix de la vendeuse.

Il hocha la tête et sourit pour s'excuser.

Il partit de la boutique avec les deux bouquets de fleurs, il sentait sur sa poitrine la forme du portefeuille et c'était la sensation la plus merveilleuse qu'il pouvait imaginer à cet instant. Lorsqu'il approcha de la rue Manin, il se remit à courir, il arriva essoufflé dans l'appartement. « Marvia, ma chérie, tu es là ? Où es-tu ? Tu es rentrée ? »

Il resta dans le couloir, encore à bout de souffle. Il n'y eut aucune réponse, l'appartement était vide, mais au bout d'un moment, il entendit des pas dans l'escalier. Il écouta ces pas, synonymes d'espoir. Des pas de quelqu'un de très fatigué. Ces pas avançaient lentement, ils s'appuyaient lourdement sur chaque marche et la personne qui les posait se tenait probablement aussi à la rambarde. Oui, c'était quelqu'un de très fatigué. Marvia ? Marvia, fatiguée à ce point ? Il ne s'était jamais rendu compte de son épuisement. Elle le dissimulait sous son sourire ? Il entendit un gémissement, elle s'était arrêtée devant la porte, elle sortit la clé de son sac et la tourna dans la serrure et voilà qu'ils se trouvaient face à face dans l'entrée. Son visage était sombre, tendu par l'effort et la douleur. En le voyant, elle sourit, radieuse. C'est seulement aujourd'hui qu'il comprit ce que coûtait à Marvia de revêtir son visage de son sourire.

— Louis, chéri, tu es déjà là ! Comme je suis heureuse ! J'avais peur de trouver l'appartement vide et d'avoir à t'attendre. Oh, des fleurs ! Quelqu'un te les a offertes ? Où es-tu allé ?

— Marvia, il s'est passé une chose étrange.

— Quoi ? Quelque chose d'affreux ?

— Non, bien au contraire…

— Oh, alors je m'en réjouis d'avance. Enfin de bonnes nouvelles… Tu me diras ?

— Oui, c'est pour ça que je suis revenu en vitesse.

— Tu es tout chaud, comme si tu avais vraiment couru.

— J'ai vraiment couru.

— Et les fleurs ?

— Ce bouquet est pour toi.

— Et l'autre ?

— Pour Madame Karmelkova.

— Qu'est-il arrivé ?

— Je ne sais plus moi-même. Ce sera à toi d'en juger. Peut-être que je suis devenu fou.

Ils s'assirent dans le salon, sans avoir ôté leurs manteaux, chacun un bouquet de fleurs dans la main et Louis raconta à Marvia sa journée, le désespoir du matin, ses pensées horribles de vouloir en finir avec la vie, tout son déchirement, sa balade dans Paris, le parc, dans lequel il s'était retrouvé sans savoir pourquoi, puisqu'il avançait inconsciemment, et cet instant sur le banc, le temps qui s'était soudain arrêté, le soulagement ressenti dans sa poitrine, la libération subite qui était devenue un état de béatitude, comme par magie.

— Et regarde ce que j'ai trouvé par terre quand je me suis levé.

À nouveau, comme chez la fleuriste, lorsqu'il prit son portefeuille, il eut un moment de doute, de crainte que ce ne soit qu'un rêve éveillé, un leurre. Mais le petit bout de tissu était bien là, il le sortit de ses doigts tremblants et le donna à Marvia. Elle le prit, l'étendit dans la paume de sa main et le regarda longuement, incrédule. Quelques larmes coulèrent de ses yeux, puis elle se mit à pleurer, la tête posée sur le bras de son mari, et ils restèrent ainsi, enlacés, sans savoir que dire.

C'est Marvia qui parla la première :

— Louis, comment est-ce possible que tu aies ramassé quelque chose par terre ? Tu ne le fais jamais ! En plus, tu te moques de moi lorsque je me baisse pour ramasser un centime perdu.

— Oui, c'est vrai. Je n'en sais rien, répondit-il.

— Et quel est le rôle de Madame Karmelkova dans cette histoire ? Y a-t-elle seulement joué un rôle ? Tu lui as acheté un bouquet de fleurs, justement aujourd'hui.

— Oui, il y a quelque chose d'étonnant chez cette femme. Je l'ai croisée en sortant. Il m'a semblé qu'elle m'attendait dans l'escalier. Elle a dit une phrase étrange, que parfois le bonheur peut tomber du ciel. Comme si elle savait que cela allait m'arriver aujourd'hui. Elle a ajouté des mots dans sa langue, que bien sûr je n'ai pas compris, mais j'ai senti les sons d'un sort bienveillant ou d'une prière, débordants de bonté, protecteurs. Je ne peux pas mieux l'expliquer.

— Tu n'as bas besoin de m'en dire plus. Viens, Louis, allons voir Madame Karmelkova tout de suite, lui faire part de la bonne nouvelle. Elle va comprendre tout ça.

Ils descendirent au rez-de-chaussée et frappèrent à la porte de la loge, de derrière laquelle on entendait les sons d'une station de radio dans une langue étrangère. Pendant un long moment, personne ne vint ouvrir. Ils continuèrent à frapper, et lorsqu'ils décidèrent d'abandonner, le battant s'entrouvrit et une Madame Karmelkova ensommeillée passa sa tête dans l'embrasure. En les voyant, elle ouvrit grand la porte et les invita à entrer. La pièce était très petite, encombrée de meubles disparates, sans aucun souci de cohérence. Il était évident qu'ils avaient été assemblés au hasard, peut-être même ramassés dans la rue les vendredis, lorsque les gens déposent sur le trottoir des objets superflus et que d'autres les prennent avant l'arrivée du camion des éboueurs, le lendemain matin, pour tout nettoyer et rendre à nouveau les rues passablement propres. Sur ces meubles quelconques étaient disposées de vieilles photos d'une autre époque, d'un autre temps : les photos de la famille de Madame Karmelkova et d'elle-même. Des visages fiers et nobles de la haute société qui n'avait pas encore vécu ni la révolution ni la guerre, persuadée que le monde entier lui appartenait. La belle Madame Karmelkova, qui ne s'appelait pas encore Karmelkova mais portait son vrai nom, leur adressait le plus joli des sourires de petite fille.

Dans la pièce régnaient un léger désordre et l'odeur d'une personne endormie. Madame Karmelkova éteignit la radio et proposa à ses hôtes de s'asseoir sur le canapé où elle se reposait avant leur arrivée. Elle se rendit dans une minuscule cuisine pour préparer du thé. Ils attendirent qu'elle soit revenue, ils lui demandèrent de s'asseoir et lui racontèrent tout ce qui s'était passé ce jour-là. Au milieu du récit, Louis lui offrit le bouquet de fleurs ; dissipé, il avait oublié de le faire au début de la visite. Quand ils eurent fini de raconter l'histoire, Louis tendit à Madame Karmelkova le petit bout de tissu rose.

— Que voyez-vous, Madame Karmelkova ? demanda-t-il, pendant que la vieille femme se taisait et que son visage restait impénétrable.

— Je vois écrit « Claire ». C'est une étiquette, c'est le nom d'une marque de vêtements pour jeunes filles. Rien de plus, elle se tut pendant un moment, mais ça ne voulait rien dire. Comment voulez-vous, Louis, que votre fille vous fasse savoir qu'elle est à vos côtés ? Elle ne peut pas apparaître parmi nous, les humains en vie. Elle a été obligée de vous guider vers un endroit, vers un parc sur la terre où se trouvait justement l'étiquette avec son prénom. C'était son seul moyen de vous dire d'arrêter enfin de pleurer et de recommencer à vivre. Parce qu'elle est là. Elle est présente, tout simplement. C'était son cadeau d'anniversaire. Le cadeau de votre petite Claire. Clovis, je vous l'ai déjà dit : parfois, le bonheur tombe du ciel, ajouta-t-elle.

Lorsqu'ils quittèrent Madame Karmelkova, ils ne revinrent pas tout de suite dans leur appartement. Malgré la fatigue, ils marchèrent longtemps dans les rues de Paris, en se tenant par la main, sans arriver à croire à leur bonheur. De temps en temps, Louis touchait la poche où il y avait son portefeuille. Marvia réfléchissait à cette journée étrange, extraordinaire, ne serait-ce que par la rencontre avec Angelu. À chaque fois qu'elle se trouvait en compagnie de ce garçon bizarre, il lui semblait que la vie cessait d'être ordinaire, matérielle, qu'ils entraient ensemble dans un pays de rêves dont la porte était fermée pour la plupart des personnes. Tous les deux, ils restaient à côté des autres et ailleurs à la fois. C'est Angelu qui ouvrait les formes et les frontières et il l'emmenait vers d'autres univers. Quand Marvia revenait sur la terre, ce qu'elle avait vu lui paraissait être un songe. Qui pouvait la croire ? Peut-être Louis, à partir d'aujourd'hui, et certainement l'étonnante Madame Karmelkova.

Au milieu de la nuit, le téléphone sonna, sonna encore et encore. Marvia était toute seule, Louis était de service. Elle n'arrivait pas à émerger d'un sommeil profond et à réaliser que c'était la sonnerie qui l'arrachait à ses rêves, les rêves d'un autre pays, d'autres gens, d'une terre meurtrie, couverte de ruines des belles maisons d'autrefois et d'énormes troncs des cèdres plantureux. Des rêves qui n'apportaient ni calme ni repos. Elle resta allongée, avec le cœur qui battait fort, comme devenu fou. Du dos de la main, elle essuyait la sueur de son front, elle essayait de calmer sa respiration. Le téléphone ne sonnait plus et elle ne savait pas exactement si ça n'avait pas été un autre rêve. Soudain, il sonna à nouveau. Elle se leva et alla dans la salle à manger, pieds nus. Elle s'assit lourdement dans le fauteuil et approcha le combiné de son oreille toute chaude.

— Allô, dit-elle d'une voix ensommeillée, un peu rauque.

— Marvia, c'est moi, Leila.

— Qu'est-ce qui se passe pour que tu téléphones à une heure pareille ? Est-ce que tout va bien ?

— Non, ma chérie. La voix de Leila était tendue, inquiète. Maman s'est enfuie de la maison de retraite.

— Elle s'est enfuie ? Comment ça, elle s'est enfuie ? Marvia ne put contenir le sourire qui se dessinait sur ses lèvres. Comment ça, elle s'est enfuie ? répéta-t-elle.

— Je t'entends sourire, Marvia, alors qu'il n'y a rien de drôle.

— Non, Leila, mais tu connais notre mère. Marvia éclata de rire.

— Ne rigole pas, je ne te comprends pas, la réprimanda Leila.

— Oh, ne sois pas fâchée, Leila. Elle a toujours été intrépide, répondit Marvia pour s'excuser.

— Je sais bien. Elle s'est sauvée de chez mon père et elle m'a abandonnée quand j'avais un an.

— Oui… c'est vrai. La voix de Marvia devint soudain grave et triste. Oui, elle s'est sauvée et c'est alors qu'elle a fait la connaissance de mon père… La vie d'une Libanaise est difficile. Les femmes sont comme des oiseaux, elles s'envolent vers la liberté.

— Marvia, qu'est-ce qui t'arrive? Je t'appelle pour t'informer de la fuite de notre mère et toi, tu me parles d'oiseaux.

— Je suis désolée, Leila. Qu'est-ce qui s'est passé ? Est-ce qu'on l'a retrouvée ?

— Oui, la police l'a retrouvée.

— C'est bien, alors il n'y a pas à s'inquiéter. Tout va bien, Dieu soit loué – elle se signa de sa main libre. Mais raconte-moi comment c'est arrivé. Je t'écoute, je ne vais plus t'interrompre.

— Tu te souviens que la mère partageait sa chambre avec une autre pensionnaire de l'établissement ? Donc, maman a convaincu sa colocataire de fuir ensemble et à la tombée de la nuit, elles se sont faufilées derrière la réception, elles ont attendu que le réceptionniste aille à la cuisine se préparer un thé et elles se sont échappées du bâtiment. Au bout de quelques heures, on s'est aperçu que les deux dames n'étaient pas là et on a commencé les recherches. Finalement, ils ont fait appel à la police et bien sûr prévenu la famille. Marvia, tu es toujours là ?

— Mmmoui… Marvia s'étranglait de rire et tenait la main devant sa bouche, pour que sa sœur n'entende pas sa respiration saccadée ; des larmes coulaient de ses yeux et elle avait chaud.

— Donc la police les a retrouvées à l'autre bout de Beyrouth, tellement elles avaient marché vite. En chaussons.

Là, Marvia n'en pouvait plus, elle éclata de rire.

— Elle est formidable, notre mère. Je l'adore. Elle a traversé Beyrouth en chaussons parce qu'elle ne voulait pas qu'on lui dicte ce qu'elle devait faire ! s'exclama-t-elle.

— Marvia, nous sommes très différentes, tu la vois autrement. Moi, ça ne me fait pas rire, son intrépidité ne m'amuse pas. Je l'aime, mais je ne pourrai jamais oublier qu'elle m'a abandonnée quand j'étais bébé, que probablement elle ne m'aimait pas, puisqu'elle était toujours avec sa nouvelle famille, depuis mes premiers souvenirs. Oui, intellectuellement, je peux comprendre que si elle s'est enfuie, c'est parce qu'elle ne supportait pas mon père, mais au fond de moi, je suis restée cette petite fille dont la maman était soudain partie, sans raison. Tu me comprends ? Tu comprends ce que je ressens ?

— Oui, Leila chérie, je te comprends parfaitement, mais n'oublie pas qu'à cette époque, elle était une enfant, elle aussi. Une petite fille qui ne comprenait pas ce qui se passait. Comment pouvait-elle trouver normal qu'un homme du voisinage, un inconnu, de l'âge de son père, fasse toutes ces choses avec son corps innocent ? Est-ce que tu peux te l'imaginer ? Elle m'a raconté comment ça se passait. Elle se sauvait, elle se cachait, mais il finissait par l'attraper et il la forçait à nouveau. Un vrai cauchemar…

— Je sais tout ça, Marvia, mais mon cœur ne l'accepte pas. Toi, c'est différent, tu étais un enfant de l'amour. Maman était amoureuse de ton père, peut-être aussi parce qu'elle bravait un interdit, qu'il était un étranger, qu'il était notre ennemi.

— Ne dis pas ça, Leila. C'étaient de pauvres gens en exil. Chassés des terres qui leur avaient toujours appartenu.

— Marvia, je pense que tu devrais venir. Le plus vite possible. La mère ne se sent pas bien depuis que la police l'a retrouvée. Elle est nerveuse, inquiète et elle ne reconnaît personne, mais elle te demande sans arrêt, elle prononce ton prénom.

Marvia était assise, sa ceinture déjà bouclée, et regardait par le hublot le mouvement du tapis qui entraînait les bagages à l'intérieur de l'appareil. Depuis ses souvenirs les plus anciens, elle était amusée et fascinée par la quantité innombrable de valises acheminées dans l'avion. Elle imaginait leurs propriétaires, certaines valises étaient élégantes, de bonne marque, d'autres quelconques, usées, qui avaient vécu plus d'un transport. Qu'y avait-il dedans ? Les trésors de chacun des voyageurs et certainement des cadeaux pour la famille. L'avion se remplissait, mais la place à côté d'elle restait inoccupée. Finalement, un homme s'y assit, il dit quelque chose, peut-être pour la saluer ou en s'adressant à lui-même, elle n'y prêta pas attention, accaparée par le défilé des valises. Lorsque l'avion démarra pour se rendre sur la piste de décollage, elle ferma les yeux, commença à prier et à espérer dormir tout le long du trajet. À chaque fois qu'elle se rendait au Liban, elle laissait en bas, derrière elle, sa vie parisienne et retournait vers celle qui l'avait précédée – une existence si différente. La Marvia de Paris et la Marvia du Liban étaient-elles la même personne ? Non, elle était persuadée qu'elles étaient différentes. Pourquoi sa sœur ne comprenait-elle pas qu'une Libanaise soit un oiseau ? Une Libanaise doit s'envoler dans le ciel, elle doit se sentir libre, sinon elle s'enfuit. Comme leur mère, la belle Salma, la plus belle fille de la région. Marvia continuait à admirer sa mère qui avait su se révolter contre une culture où l'homme était le plus important, décidait de tout, même du bonheur et de la détresse d'une femme. Bien sûr, il y avait des femmes qui savaient régner, autrement, d'une façon perfide, avec la conscience de vouloir agir. Marvia en avait connu quelques-unes et elle enviait leurs capacités.

Après sa conversation avec Leila, elle commença à réfléchir à ces événements, à la fuite de leur mère. Tout ce que Marvia avait dit à sa sœur était vrai, mais peut-être y avait-il une autre vérité et d'autres possibilités ? Elle essaya de se mettre à la place du mari, ce qui était très difficile, à la place de toute la famille, à la place de chacun. Plus elle y pensait et plus elle réalisait que la décision de la mère avait été la bonne et la seule envisageable : personne de son entourage n'aurait voulu aider Salma, même sa propre mère. Dans un endroit comme la banlieue de Zahlé, comment lutter contre la tradition si lourde du patriarcat ? Marvia avait de la peine pour sa sœur, cette pauvre petite qui s'était toujours sentie coupable et victime à la fois, depuis ses premiers souvenirs elle avait vécu la différence, elles avaient la même mère, mais elles la voyaient autrement, parce que la mère les aimait autrement et les traitait autrement. Personne n'en était responsable, sauf peut-être la génération d'avant, celle qui avait décidé de donner Salma en mariage à un sauvage et une brute. Salma ne ressemblait pas aux autres filles de l'époque. Elle était une rebelle, une révolutionnaire. Au fond, elle se fichait de l'avis des autres. Était-ce une forme d'égoïsme ou était-elle un être du futur, né trop tôt, avant son temps ? Elle s'était mariée une deuxième fois, par amour. Elle ne s'embarrassait pas du fait que son élu soit un Palestinien, alors que tous les Libanais les haïssaient. Elle se moquait de n'avoir pas divorcé et du fait que lui ne l'ait pas fait non plus. Qui se souciait au Liban de telles broutilles que le divorce ? Elle n'accordait aucune importance non plus au rejet par sa famille et tout le village.

Marvia ne connaissait pas toutes les histoires de famille, mais elle savait beaucoup de choses. La mère lui avait raconté sa vie à plusieurs reprises. Elles riaient ou elles pleuraient, ça dépendait des souvenirs.

L'enfance de Marvia avait été heureuse, c'est ainsi qu'elle avait toujours pensé et c'est ainsi qu'elle se la rappelait. Dans sa famille régnaient l'amour et la sécurité. Était-ce toujours facile ? Bien sûr que non, déjà la religion était injuste. Officiellement, ils étaient musulmans, puisque le père palestinien l'était et il avait imposé sa propre religion à sa nouvelle famille, sans se poser de questions. La mère, chrétienne, priait son Dieu en cachette et elle avait appris à réciter le rosaire à sa fille, puis à son fils. Elle n'avait pas dit à Marvia que c'était leur secret, elle n'en avait pas besoin. Depuis toute petite, Marvia avait compris que son père ne devait pas le connaître. Elles allaient à l'église lors des absences du père et il n'avait jamais su qu'elles étaient chrétiennes toutes les deux. Que se serait-il passé, s'il avait appris que quelque chose les séparait ? Comment aurait-il réagi ? Auraient-ils continué à former une famille heureuse ? Marvia n'était pas capable de l'imaginer. Probablement que la tactique de sa mère était une preuve de sagesse vis-à-vis d'un homme d'Orient. En y pensant, elle soupira. Au moins, malgré tout, ils avaient vécu heureux, jusqu'à la guerre. La guerre avait tout dévasté. Non seulement elle avait dévasé les belles villes et l'héritage de milliers d'années de civilisation et de culture, mais elle avait surtout dévasté les âmes et instauré la haine. Mon Dieu, qui était intervenu dans cette sale guerre, combien de nations ?

Paris était déjà loin derrière. Marvia planait dans les airs, volait en direction de ses souvenirs. Elle n'avait jamais pu oublier ce qu'elle avait vu alors, ce qu'elle avait ressenti, la peur incontrôlable qui a sa propre odeur, si atroce que l'on comprend ce que veut dire « mourir de peur ». Soudain, elle sentit une main sur son épaule et entendit une voix masculine, chaleureuse, si douce et si intense qu'elle frémit.

— Est-ce que vous vous sentez bien ? Pourquoi pleurez-vous ? Comment puis-je vous aider ? Je vais tout de suite demander une couverture à l'hôtesse. Vous frissonnez…

Ce n'est qu'à ce moment-là qu'elle le regarda, à travers ses larmes. Elle ne s'était pas du tout rendu compte qu'elle pleurait. Elle essuya ses yeux et ses joues du bord de sa main.

Elle examina son visage. Quel âge pouvait-il avoir ? Trente-cinq, quarante ans ? Peut-être un peu plus, car elle aperçut de petites rides autour de ses yeux bleus, étincelants. Et quelques fils blancs sur les tempes, parmi ses cheveux d'un blond foncé. Il était bel homme, très européen, chic et cultivé. C'est du moins ainsi qu'elle le voyait. Elle lui sourit.

— Je ne savais pas que je pleurais… Je reviens dans mon pays et c'est toujours très difficile…

— Je comprends… Vous n'avez pas froid, vous n'êtes pas malade ? Vous aviez des frissons, mais j'avais peur de vous réveiller, parce que j'ai d'abord pensé que vous dormiez, mais ensuite, cela a commencé à ressembler à des spasmes et c'est pour ça que je me suis permis, j'ai eu peur que vous ayez une attaque… Est-ce que je demande une couverture ?

— Non, merci, je vais mieux. À chaque fois que je vais au Liban, tous les souvenirs reviennent… Il m'arrive de descendre de l'avion vraiment malade…

— Vous y avez vécu la guerre de 1975 ?

— Oui… Marvia tourna la tête vers le hublot et ferma les yeux, mais après un moment, elle se retourna vers l'homme, un sourire aux lèvres.

— Je m'appelle Marvia.

— Janusz, répondit-il en souriant aussi, et ils échangèrent une poignée de main.

— Que faites-vous dans la vie ? Ça me fait plaisir de parler avec vous.

— Je suis journaliste, actuellement j'écris un livre, un roman peut-être. Vous êtes quelqu'un qui m'inspire, je m'en rends compte à l'instant. Je vous prie de m'excuser si j'ai manqué de délicatesse en vous parlant de la guerre, je ne voulais pas vous blesser.

— Non, vous ne m'avez pas blessée. Vous savez, au début de la guerre, nous ne parlions pas de nos sentiments. Nous sommes une nation qui aime la vie; nous aimons nous amuser et nous réjouir de tout. Même si nous perdons tout, nous reconstruisons. Nous perdons tout à nouveau et nous reconstruisons à nouveau, sans fin. Je me demande juste s'il y a une limite, jusqu'où peut aller la résistance d'un être humain. Quand enfin j'ai commencé à parler de ce que j'avais vécu et de ce que j'avais vu, c'était le début de ma thérapie, sinon je serais peut-être devenue folle. Ou… peut-être pas. Nous, les Libanais, nous ne connaissons pas le mot « dépression ». La dépression est un phénomène des pays riches et du confort. Elle rit.

— Vous avez déjà été au Liban ?

— Oui, trois fois, répondit-il.

— Janusz, vous avez vu ce qui est resté de notre beau pays ?

L'homme ravala sa salive. Il semblait réfléchir à comment formuler ses mots.

— Marvia, ce n'est pas mon pays, mais il m'est difficile de supporter ce que j'y vois. Je ressens de la colère. Non, c'est plus que ça. C'est de la haine…

— Oui, je comprends. Je connais très bien le sentiment de haine. Vous savez, pendant de longues années, ce sentiment a été le plus grand problème de ma vie. Je ne savais pas comment en venir à bout. Maintenant, ça va mieux. Pendant de longues années, j'ai prié Dieu pour qu'il me délivre de ce sentiment.

— Vous êtes chrétienne ?

— Oui. Ma mère est chrétienne et je le suis devenue. C'était un choix, car dans la chrétienté, l'amour est le plus important. Mon choix était aussi un retour aux sources, puisque le Liban a été chrétien, depuis toujours. Jésus y est venu, jusqu'à Bethsaïde, il y a guéri un aveugle.

— Vous êtes maronite ?

— Non, les maronites font souvent partie de l'extrême droite. Ma mère, sa famille et moi sommes des catholiques d'Orient et nos rites liturgiques ressemblent à ceux des orthodoxes. Notre paroisse se trouve à Saint-Julien-le-Pauvre, l'une des plus anciennes églises de Paris. Y êtes-vous déjà allé ?

— Non, jamais, malheureusement.

— Il faut voir cet endroit, Janusz.

— Oui, à la prochaine occasion, quand je serai à Paris, répondit-il.

— La vie est constituée de séparations, nous nous rencontrons, nous nous quittons, parfois nous nous retrouvons à nouveau, avec certains. Il se peut que vous soyez celui que je rencontrerai à nouveau, par hasard, comme dans cet avion, suspendu dans les airs, au-dessus des nuages.

Elle rit.

Lui aussi, il sourit à ses propres pensées.

Marvia tourna la tête, ferma les yeux et essaya de dormir, au moins un instant, elle était si fatiguée… Il y avait tant d'images et de souvenirs qui défilaient devant ses yeux ! Elle n'arrivait pas à se calmer. Elle voyait la guerre, les bombardements, la joie, la jeunesse, les visages de ses proches s'entremêlaient, ceux des morts et des vivants, tout était devenu un kaléidoscope, un carrousel horrible qu'il lui était impossible d'arrêter.

Qu'est-ce qui lui arrivait ? Elle voulut se maîtriser, à tout prix. Elle serra ses paupières. Comment faire fuir toutes ces images ? Il fallait se détendre. Elle commença par respirer profondément. Au début, ce ne fut pas facile, elle ne parvenait pas à remplir d'air ses poumons, son souffle était court, irrégulier. Elle réussit une première fois, ressentit une douleur, comme si un obstacle bloquait l'arrivée de l'oxygène. Elle recommença une deuxième fois, une troisième. Ses idées aussi devenaient plus calmes. Elle aurait voulu ne penser à rien. Elle ne sut pas combien de temps cela avait duré. Lorsqu'elle ouvrit les yeux, l'homme à côté d'elle lisait et corrigeait ses notes.

— Est-ce que vous écrivez sur le Liban ? demanda-t-elle.

— Oui – il sourit – c'est justement sur le Liban que j'écris en ce moment, et c'est pour ça que j'y vais. Il est difficile d'écrire à ce sujet, tout est si compliqué. Quelqu'un de l'extérieur a du mal à discerner la vérité des manipulations des médias, et de la collusion d'intérêts.

— C'est vrai. Le Liban est un petit pays que tout le monde veut s'approprier, tous nos voisins. Si l'on se penche sur l'histoire du Liban, on constate que nous avons été sans arrêt un territoire occupé. Durant l'Antiquité, par les Assyriens, les Babyloniens, les Perses, les Syriens, les Romains, les Croisés, les Turcs. Et Dieu seul sait par qui encore… En tout cas, par les Turcs durant quatre cents ans ! Nous avons fait partie de l'Empire ottoman. Et pendant la Première Guerre mondiale, par les Français et les Anglais.

— Occupés ? Par les Français et les Anglais ? C'était une occupation ?

— En réalité, oui, même si ce n'était pas la version officielle. Occupés. Ces deux occupants avaient chacun un « noble » prétexte, mais au fond, il s'agissait de leurs propres intérêts. Marvia criait presque.

— Vous êtes les descendants des Phéniciens, les pères du commerce.

— Oui, la Phénicie, un pays antique. Dans l'art pictural de l'Égypte, les Phéniciens sont représentés en couleur rouge, comme les Éthiopiens et les Égyptiens, rit-elle, ce sont les Phéniciens qui ont construit des bateaux avec le bois de nos cèdres sacrés et ils partaient à la découverte du monde.

Elle ferma les yeux pendant un instant, son cœur battait vite, sans qu'elle sache pourquoi. Est-ce que l'histoire lointaine de ses ancêtres suscitait son émotion également ? Elle s'imagina la mer, les grands voiliers voguant à la conquête du monde, chargés de marchandises, avant tout de bois de cèdre et de pourpre, qui allaient être échangées contre d'autres trésors à ramener vers leur pays. Combien de temps duraient ces expéditions ? Tout le monde n'en revenait pas, probablement, ce n'est qu'en apparence que la mer Méditerranée est douce et clémente. Certains des rescapés avaient fondé leurs villes dans différents coins du monde. À leur place étaient arrivés les Grecs, les Romains, les Byzantins, puis les Arabes. Tous fascinés par une contrée où la mer ressemble à un grand lac, où les montagnes sont couvertes de la blancheur éternelle de la neige, tandis qu'à leurs pieds s'étendent des champs d'oliviers et des vignes.

Elle dut s'assoupir à nouveau, car elle vit, comme dans un songe, l'étendue calme et bleue de la Méditerranée, un magnifique voilier qui fendait les flots, des hommes à la peau dorée qui travaillaient sur le pont et elle, en haut du mât, qui scrutait l'horizon à la recherche de nouvelles terres, pendant qu'un vent frais lui caressait le visage. Quand elle ouvrit les yeux, Janusz la regardait avec un sourire.

— Cette fois-ci, il m'a semblé que vous rêviez de choses agréables.

— Oui, je m'imaginais les expéditions des Phéniciens. Ils n'avaient jamais aimé les montagnes, elles leur paraissaient hostiles, habitées par de mauvais esprits. Et comme ils connaissaient bien la carte du ciel, ils avaient confié leur destin à l'étoile du matin et trouvé leur place sur la mer Méditerranée. Ce sont eux qui ont créé le commerce. Vous savez, Janusz, nous avons été vraiment libres pendant seulement trente ans. Que signifient trente années face aux millénaires ? Toutes ces occupations, invasions ont fait que nous avons perdu notre identité nationale.

— Comment ça, « perdu » ?

— Eh bien, perdu. Bien sûr que oui. Une nation qui perd sa propre langue perd son identité. C'est l'araméen qui a été notre langue, parmi d'autres. Maintenant, c'est l'arabe. Dommage, dommage, dommage. L'araméen n'a survécu que dans les montagnes, les Druzes le parlent. Nous chantons en araméen uniquement dans notre église, c'était la langue de Jésus.

— L'invasion arabe a changé votre langue, mais pas seulement, elle vous a imposé l'islam. Avant, vous étiez un pays chrétien.

— Oui, c'est une histoire à faire pleurer. Elle sourit tristement. Vous savez, Janusz, un chanteur disait que le Liban était un coin de paradis sur terre. Chacun veut s'emparer de ce coin de paradis. Depuis toujours et ce sera toujours comme ça. Nos voisins sont jaloux de tout, même de notre eau. Car certains parmi eux n'en ont pas, alors que notre eau descend des montagnes, grâce à la neige fondue qui se transforme en rivières. C'est beau, n'est-ce pas ? Nos montagnes restent éternellement blanches, de leur blancheur vient le nom de notre pays : Lubnan, blanc comme le lait. Cette jalousie ne s'arrêtera jamais.

— Vous pensez vraiment, Marvia, qu'elle ne s'arrêtera jamais ? demanda-t-il.

— Jamais. La nature humaine ne change pas, répondit-elle.

— C'est une vision très pessimiste.

— Non, une vision réaliste. Mais sans tenir compte de quoi que ce soit, de ce qui a été et de ce qui sera, le Liban nous appartient, nous allons lutter pour le garder et le reconstruire.

La voix de Marvia tremblait, elle n'essayait même pas de la maîtriser.

— Pendant la guerre civile de 1975, il y a eu aussi une désunion entre les hommes qui, jusqu'alors, vivaient en harmonie, en amitié, en estime mutuelle. La guerre a divisé la population, elle a créé un mur, invisible à l'œil nu. Les chrétiens se sont réfugiés dans des villages reculés pour échapper aux massacres, d'autres sont partis dans les montagnes se cacher dans les grottes et ils plantaient des croix aux sommets, pour désigner leur territoire.

Janusz réfléchissait, la tête posée sur sa main. Le silence se prolongea. Ils étaient, tous les deux, plongés dans leurs pensées.

— Vous ne croyez pas, Marvia, que la paix viendra, un jour ? Que vous allez pouvoir vivre normalement, comme vivent les gens dans les pays civilisés ? demanda-t-il enfin.

— Janusz, vous êtes encore jeune et vous vivez en Europe. Au Proche-Orient, il n'y aura jamais de paix, parce que certains de nos voisins sont des sauvages, d'autres ressassent leurs souffrances et leurs persécutions sans pouvoir sortir du cercle vicieux. Pendant la courte période de nos trente ans de liberté, on a surnommé le Liban « la Suisse du Proche-Orient ». Vous vous imaginez cette petite Suisse entourée d'une horde d'hyènes ? Est-ce que ça peut durer longtemps ? Est-ce que ça peut durer ?

— Je ne sais pas, Marvia, répondit-il, j'ai vu beaucoup de films et de photos de cette époque. Le Liban était un beau pays, un merveilleux pays, très moderne, ses habitants semblaient heureux, ils s'amusaient, profitaient de la vie... Quand j'étais à Londres, j'ai eu l'occasion de voir l'exposition de photos de Diab Alkarssifi, organisée par Anna Dąbrowska, un récit de votre existence au cours de cent années, puisqu'il y a des photos de famille ; les Libanais, sachant qu'elles pouvaient périr dans les flammes, les confiaient à Alkarssifi. Lui, il a photographié durant sa vie entière, d'une façon obsessionnelle, il fixait tout ce qu'il voyait, il pressentait que l'univers ainsi enregistré allait disparaître à jamais. Il ne s'est pas trompé, loin de là, ses images sont pratiquement le seul souvenir d'un monde qui n'existe plus. Je suis resté longtemps devant chacune des photos, j'ai regardé des yeux rieurs, des visages en pleurs, des regards empreints de sagesse. Toujours si expressifs, débordant d'émotions. Parfois, les images disent plus que les paroles. J'avais compris que vous savez vous réjouir face à toutes les adversités…

— Oui, nous savons profiter de la vie même s'il y a la guerre, même si tout va mal, nous sommes comme ça : forts et fiers. Et quand la paix a été là, alors cette joie est devenue infinie, parce que nous étions dans notre paradis sur terre, où tout semblait possible, le meilleur et le pire. Nous avons toujours été à la limite de l'extrême. Pour nous, rien n'est habituel, normalisé ni ordonné. L'avenir n'existe pas. Il n'y a que le présent qui compte. Nous vivons vite, passionnément, nous profitons de chaque instant. Entre deux bombardements, nous allions à la plage, nous tournions nos visages vers le soleil doré. Avez-vous remarqué, Janusz, que le soleil a une teinte dorée au Liban ? Et nous dansions, jusqu'au bout de la nuit…

Pendant une seconde, Janusz crut que Marvia allait se remettre à pleurer. Il s'était trompé, sa voix s'était brisée, mais elle la maîtrisa et elle continua à lui sourire. Seul son regard resta triste. On peut maîtriser son visage ou sa voix, les yeux ne mentent pas.

— Janusz, je vous prie de m'excuser. Il m'est difficile de parler de tout ça. Il faut que je me repose un peu, que je me calme. Je vais vous dire une seule chose. La vie, surtout une vie difficile, nous permet d'apprendre, même la douleur donne de l'énergie et quand ça fait mal, on a envie de vivre. Je dirais d'ailleurs que plus ça fait mal et plus on a envie de vivre. Et plus on apprécie la vie.

Elle sourit, tourna la tête vers le hublot et ferma les yeux. Maintenant, elle s'endormit vraiment, il était probable qu'elle avait réussi à évacuer quelques fortes émotions et ça l'avait calmée.

Lorsqu'elle se réveilla, l'avion s'apprêtait à atterrir. Ensemble, ils regardèrent par le hublot les montagnes blanches couvertes de neige et l'azur de la mer Méditerranée. Janusz se souvint d'une légende. Au moment où le rond rouge du soleil s'immerge dans les abysses, il envoie un rayon vert, le dernier. Pour ceux qui savent l'apercevoir, il est la promesse du bonheur. La vue était si merveilleuse qu'ils n'avaient pas besoin de parler. Jusqu'à quel point peut-on découvrir une personne rencontrée par hasard au cours d'un voyage ? Un tel échange peut-il avoir de l'importance ? Janusz aida Marvia à mettre son manteau, puis il porta son sac de voyage. Le tumulte de l'aéroport les réveilla de leurs réflexions. Il était temps de se quitter.

— Marvia, nous n'avons même pas échangé nos numéros de téléphone, je vous en prie, voici ma carte de visite.

Marvia la prit et la regarda pendant un bon moment, avec attention.

— Je pense que vous pourriez bien vous entendre avec ma concierge, dit-elle d'un ton sérieux.

— Avec votre concierge ? demanda-t-il d'un ton étonné, il n'était pas sûr d'avoir bien entendu.

— Oh, pardon ! Marvia éclata de rire. Ce n'est pas une simple concierge, elle vient d'un conte de fées ou d'un rêve. Vous, les Polonais, les Polonais un peu spéciaux, vous avez ce petit quelque chose d'un autre univers.

— Marvia, que veut dire « spéciaux » et pourquoi d'un autre univers ?

— Oh, nous n'avons pas le temps pour des explications, ma sœur s'inquiète déjà, je viens de recevoir son message, dit Marvia qui venait de consulter son téléphone.

— Pardon, Marvia. Allez la retrouver. J'avais pensé… – il réfléchit pendant un instant – que vous pourriez m'aider pour mon roman sur le Liban. Seriez-vous d'accord pour qu'on se revoie ?

— Vous n'avez pas peur que nous devenions des last lovers ? Elle rit.

— Vous connaissez les Last Lovers de William Wharton ? Vraiment, vous avez lu ce livre ? s'écria-t-il.

— Oui, je l'ai lu. Passez-moi un stylo, je vais vous donner mon numéro de téléphone. Mais ce n'est pas pour que nous devenions des last lovers. Je vais vous aider dans ce que vous écrivez sur mon pays.

Janusz l'embrassa sur les deux joues et ils se séparèrent. Il resta sans bouger pendant un moment, avec la feuille de papier sur laquelle elle avait écrit son numéro. Il rangea le papier dans la poche intérieure de sa veste et regarda Marvia s'éloigner vers le contrôle de la douane. Elle se retourna une fois et le gratifia d'un de ses plus joyeux sourires. Il prit place dans la file d'attente, parallèle à la sienne, mais qui avançait bien plus vite. Il remarqua que Marvia était encore devant le guichet.

Pourquoi cela durait-il si longtemps pour elle ? Elle était dans son pays, d'autres gens étaient passés alors qu'elle patientait toujours. Enfin, elle passa la barrière, en même temps que Janusz. Elle était chez elle, elle pouvait dire bonjour à sa sœur, tomba dans les bras d'une femme qui l'attendait et qui semblait bien plus âgée, soit elle l'était vraiment, soit elle le paraissait à cause de ses vêtements vieillots, ça, Janusz ne le savait pas encore. Songeur, il se dirigea vers la sortie de l'aéroport.

Il comprit que ses projets se compliquaient grandement. Il avait pensé se concentrer plutôt sur l'histoire polonaise au Liban, laquelle avait débuté pendant les croisades et s'était poursuivie dans les premiers écrits du frère Anselme, de l'ordre des Bernardins, et dans les descriptions du prince Mikołaj Krzysztof Radziwiłł. Juliusz Słowacki avait composé son poème Anhelli au monastère arménien de Beit Khachbou, sur une colline proche de Ghazir. Aujourd'hui, il ne restait plus aucune trace du monastère, complètement détruit. Mais Janusz s'intéressait avant tout aux années 1943-1946 quand s'étaient établis au Liban quelque six mille Polonais, des réfugiés en provenance de l'Union soviétique, des goulags de Sibérie.

C'était en majorité des femmes et des enfants, venus jusqu'au Liban avec l'armée du général Anders à travers l'Iran. Étaient arrivés ceux qui avaient survécu aux maladies, à l'épuisement d'un voyage épouvantable et à la misère la plus extrême. L'une des héroïnes de cette triste histoire fut Hanka Ordonówna, actrice et chanteuse, qui partit des goulags et qui atteignit le Liban en passant par l'Ouzbékistan, Achgabat et Bombay. Elle avait à sa charge deux cents orphelins polonais, des enfants d'exilés. Elle avait voulu en emmener plus, les emmener tous, mais les Soviétiques avaient rendu ce projet impossible. Plus tard, elle écrivit dans son livre intitulé *Les Enfants errants* : « Il se déversa des wagons, dans la nuit d'Achgabat, une tripotée de petits indigents, dépourvus de tout, même des cœurs de leurs parents, restés ailleurs, figés sous la neige… Seule une lampe de gare se balançait sous le vent, en projetant soit l'ombre, soit la lumière, sur les visages éreintés et miséreux des enfants. Cette troupe tragique s'étendit en un long cortège. Par deux. Par deux avançaient vers les autobus le malheur avec la maladie et la faim avec les poux, en levant les jambes à grand-peine… Allô, il y a quelqu'un qui m'entend ? Vous ne voyez pas que dans ces autobus il y a les enfants les plus malheureux du monde, des enfants prisonniers, des enfants bannis, des enfants orphelins, des enfants vieillards ? »

Janusz connaissait par cœur ce passage et à chaque fois qu'il se le récitait dans sa tête, il se sentait envahi d'une tristesse sans bornes. Il avait l'intention de visiter le cimetière polonais, offert par le gouvernement libanais en 1946. Un cimetière avait été alors aussi indispensable qu'un hôpital. L'intérêt de Janusz pour le Liban datait du jour où il était tombé par hasard sur l'invocation de Halina Chojecka-Szeremeta pour l'ouvrage Sous les Cèdres du Liban, où elle avait écrit : « Beyrouth, la ville de ma jeunesse. Tu as été une oasis après les années de désert et d'amertume passées en Union soviétique. Depuis mon exil, tu as été le premier endroit où j'ai habité dans une vraie maison avec des chambres et une salle de bain. Tu m'as accueillie en ouvrant les bras de tes universités, rues, églises et boutiques de fleuristes. Tu sentais la fleur d'oranger et le jasmin, de leurs guirlandes enlacées je parais mon cou les soirs d'azur en allant prendre un café ou un sherry (je ne pouvais pas m'offrir plus) dans un des bars du port, une fois ou deux au Saint-Georges. […] Tes saveurs légèrement françaises me réjouissaient et m'enivraient. Ta verdure et tes fleurs faisaient naître le sentiment d'un éternel printemps. […] Je te souhaite du bonheur, Beyrouth. »

Maintenant, Janusz savait qu'il n'allait pas seulement suivre les traces de la présence polonaise dans ce pays, si nombreuses fussent-elles. Il allait aussi devoir comprendre la souffrance émanant d'ici, présente aujourd'hui encore, la rencontre avec Marvia le lui avait prouvé. Elle avait une mauvaise opinion des maronites, ce qui l'avait surpris, d'après ce qu'il savait ils s'étaient montrés très amicaux envers les Polonais résidant au Liban, ils étaient aussi de grands patriotes. Janusz supposa donc qu'ils avaient pu se montrer intolérants envers les traîtres pendant la guerre. Avait-il existé une traîtrise dans l'histoire familiale de Marvia ? Cela, il ne pouvait pas le deviner. Mais il savait à quel point elle aimait son pays et souffrait de ce qu'elle y avait vécu. Il n'avait pas le droit de privilégier le ressenti des réfugiés polonais aux dépens de celui des gens qui leur avaient ouvert la porte, les avaient accueillis et aidés. Le monde ne connaissait pas l'histoire des Polonais au Liban, ni le rôle qu'y avait joué le général Anders, il ignorait son existence. Les Libanais eux-mêmes ne savaient pas à quel point ils avaient aidé les Polonais, combien ils avaient sauvé de vies, fragiles, éphémères. L'hospitalité des Libanais leur avait permis non seulement de survivre, mais aussi de s'instruire, avec un record de 1 286 étudiants, aussi bien à l'Institut polonais d'études du Moyen-Orient, créé en 1945 à Beyrouth, que dans toutes les universités du pays : l'Université Saint-Joseph de Beyrouth (dont le fondateur fut Maximilien Ryłło, un jésuite polonais), l'American University of Beyrouth, l'École supérieure des lettres de Beyrouth, l'Académie libanaise des Beaux-Arts et également l'École polonaise de peinture et de dessin. Des jeunes femmes polonaises avaient obtenu des diplômes de médecine, elles avaient été parfois les premières dans ce pays à suivre des cursus tels que la stomatologie. Toutes, littéralement toutes les grandes écoles avaient accueilli la jeunesse polonaise, militaire ou civile.

Quant aux plus jeunes enfants des réfugiés, de l'élite polonaise, ils eurent la possibilité de créer une nouvelle génération, celle de l'immigration orientale, grâce à la bonté des Libanais. Environ 350 étudiants polonais furent diplômés des universités libanaises. On les avait surnommés les « Beyrouthins ». Le président du Liban,

Béchara el-Khoury, et son épouse furent très bienveillants envers les étudiants polonais qui étaient régulièrement invités avec tous les honneurs au palais présidentiel, entre autres pendant les fêtes de Noël. Le président leur accordait également des aides financières. Il fut aussi le seul à l'époque – chose importante – à reconnaître le gouvernement polonais en exil comme légitime, jusqu'en 1945. À son tour, le ministre de ce gouvernement, Zygmunt Zawadowski, fut le premier des diplomates à reconnaître la souveraineté et l'indépendance du Liban.

Le général Władysław Sikorski était venu à Beyrouth en juin 1943, pour un court moment de repos avant d'inspecter l'état des troupes polonaises au Moyen-Orient. À cette occasion, il rencontra les étudiants.

Quelques jours plus tard, il allait périr dans une catastrophe aérienne à Gibraltar. Officiellement, l'accident fut qualifié de « catastrophe », il n'en est pas moins vrai que l'on recherche toujours les véritables assassins. Parmi les suspects figurent les

Soviétiques, les Britanniques, les nazis. L'affaire n'a jamais été élucidée. Pendant ce temps-là, les étudiants polonais puisaient dans la science, avec un engagement total et l'espoir dérisoire de retourner dans leur pays libéré et de participer à sa reconstruction. Quelle ne fut pas leur détresse lorsqu'il s'avéra que la patrie convoitée n'était pas libre et qu'il leur faudrait emprunter des chemins différents !

Janusz voulait décrire le quotidien polonais, la nostalgie du pays perdu à jamais ainsi que l'organisation de l'immigration, les écoles, les églises, les bibliothèques et les instituts. Et remercier de cette manière le Liban, au nom des Polonais.

— Marvia, ma chérie, tu es venue, tu es enfin venue. Après tant d'années – de sa main, Salma essuya ses larmes.

— Maman, quelles années ? J'étais là il y a six mois. Marvia éclata de rire et du coin de l'œil, elle vit l'expression indignée de sa sœur.

— Il m'a semblé que dix ans ont passé depuis que nous nous sommes vues la dernière fois.

Puis elle s'adressa à Leila :

— Ma chérie, laisse-nous seules un moment, nous avons à parler.

— Comment ça, maman ? Nous sommes une famille ! Moi aussi, je suis ta fille. Je pensais que dans une famille, il n'y avait pas de secrets. Et toi, tu me fais sortir, s'offusqua Leila.

Elle partit, en fermant la porte un peu trop fort.

Lorsqu'elles restèrent seule à seule, le visage de Salma se détendit, il s'y dessina un sourire.

— Ma chérie, ma Marvia, enfin je te vois, tu m'as tellement manqué. Je sais que je suis une mère injuste. Leila, je la vois tous les jours, elle n'arrive toujours pas à me pardonner de l'avoir abandonnée.

Elle ne peut pas comprendre dans quelle situation je me trouvais. Elle est parfois cruelle envers moi, parce que je n'arrive pas à l'aimer comme je t'aime.

— Maman, toi aussi tu devrais la comprendre. Ce n'est pas sa faute, pourtant, si tu haïssais son père. Elle est restée ce petit être abandonné par sa mère. Tant que vous ne vous serez pas pardonné l'une à l'autre, vous ne connaîtrez pas la paix. Ça va rester comme ça jusqu'à la fin du monde. Maman, fais un effort, un effort surhumain. Toi la première, parce que tu es plus forte qu'elle. Je t'en supplie, maman, je t'en conjure. Fais-le pour nous tous, pour toute la famille et surtout en mémoire de Jamal.

Elles restèrent silencieuses longtemps, elles essuyaient leurs larmes du dos de leurs mains. Salma rompit le silence la première.

— En plus, il faut que je fasse semblant d'être folle, d'être atteinte d'une maladie mentale, sinon je n'aurais rien obtenu, tu ne serais pas venue.

— Je sais, maman, que tu fais semblant, je te connais. Tu es une manipulatrice !

— Ah oui ? Peut-être que parfois, j'oublie qu'il y a des limites à ne pas dépasser. Mais je sais aussi que j'aurais probablement été quelqu'un d'autre si le monde avait été différent, si autrefois, quand j'étais une enfant naïve, ma famille ne m'avait pas vendue à cet homme.

Marvia prit les mains de sa mère dans les siennes. Elle savait parfaitement que sa mère n'était pas une manipulatrice, elle avait juste voulu la provoquer.

— Je sais, maman, mais tu as été heureuse, après. Nous avons été une famille heureuse.

— Oui, nous avons été heureux, mais au prix de nombreux, nombreux sacrifices de ma part.

Elles entendirent frapper à la porte, doucement.

— Oui, Leila, entre, ma chérie. Et maintenant, toi, Marvia, tu vas nous laisser seules.

Un sourire radieux s'afficha sur le visage de Marvia.

— Oui, maman. Tu es extraordinaire !

Une heure plus tard, les deux sœurs rentraient en voiture à la maison de Leila. Leur silence était un silence d'entente. Il n'y avait plus de tension ni de manque. Elles se sentaient épanouies, elles se sentaient utiles et aimées. De façon différente, peut-être injuste, mais de la seule façon possible, elles avaient toutes les deux l'amour de la même mère, une mère forte, qui avait toujours su braver le destin et les traditions, contrairement aux autres femmes libanaises, pour lesquelles c'était un obstacle infranchissable. Et puis elles étaient sœurs, elles pouvaient compter l'une sur l'autre, se soutenir par la pensée dans les moments difficiles. Ce soir-là, lorsque toute la famille était attablée autour du traditionnel mezzé, en buvant de petites gorgées d'arak, Marvia reçut un message de Janusz : « Marvia, est-ce qu'il serait possible qu'on se revoie pendant notre séjour à Beyrouth ? J'ai peur qu'un rendez-vous à Paris ne puisse se faire que dans plusieurs mois, alors que je tiens à avoir rapidement un entretien avec vous. Cordialement, Janusz. » Elle lut ce message discrètement, sous la table. Elle avait gardé son portable à portée de main parce qu'elle attendait des nouvelles de Louis et de Sarah. Et à présent, elle ne savait pas ce qu'elle devait répondre. Elle l'avait presque oublié. Que lui voulait-il vraiment, cet homme inconnu ? Elle ne pouvait même pas demander conseil à l'une de ses cousines présentes, ni à ses tantes ni à sa sœur. Les mœurs étaient tout de même un peu différentes de l'Europe. Peut-être que Janusz était complètement sincère et que tout ce qui l'intéressait, c'était son histoire à elle, son histoire libanaise ? Peut-être qu'il écrivait vraiment un roman et qu'il avait besoin de s'inspirer d'un vécu qu'elle, Marvia, pouvait lui apporter? Oui, elle voulait tant lui parler, le monde entier devait connaître la vérité, non pas la vérité politique ni celle des médias, mais la vérité d'une simple femme libanaise et de sa famille. Celle des gens ordinaires qui n'avaient pas décidé de voir leur vie mise sens dessus dessous. Elle répondit : « D'accord, Janusz. On va se retrouver à Beyrouth. Demain, je vais vous donner l'adresse d'un restaurant et l'heure. »

Lorsque Marvia arriva à l'endroit convenu, il l'attendait déjà. Il avait une apparence différente de ce qu'elle avait retenu de lui dans l'avion. Il semblait fatigué, peut-être même malade. Elle lui tendit la main chaleureusement; il l'aida à s'asseoir en face de lui.

Pendant un moment, ils se regardèrent en silence. À la lumière des bougies, les visages paraissent toujours plus chaleureux et plus mystérieux qu'éclairés par les rayons du soleil. Certaines personnes pensent être ainsi plus proches qu'à la lumière du jour.

— Janusz, j'ai un mari et je l'aime. Nous n'allons jamais devenir des last lovers. Elle lui sourit et il lui sourit en retour.

— Marvia, vous êtes une très belle femme, très attirante. Mais je suis marié et j'aime mon épouse plus que tout au monde. Regardez, c'est elle – il lui montra une photo.

— Si jeune. Et merveilleuse !

Elle respira avec soulagement.

— Marvia, tout ce que je vous ai dit dans l'avion est vrai. J'écris un roman et vous pouvez m'aider. Je ne comprends pratiquement rien à ce pays, c'est seulement grâce à vous que je pourrai en savoir plus.

— Alors, pourquoi avez-vous choisi ce sujet, puisqu'il vous est étranger ?

— Au début, j'ai été attiré par l'histoire polonaise au Liban, le destin des femmes, des orphelins, des rescapés de Sibérie et plus je m'intéressais à ce sujet, plus je découvrais d'institutions polonaises dans votre pays : hôpitaux, écoles, universités. Quand vous m'avez raconté votre propre histoire, j'ai compris que celle de mes compatriotes comme celle de leurs hôtes formaient une seule et même tragédie humaine. À vrai dire, je ne peux pas bien l'expliquer, mais je vous l'ai déjà dit, le Liban me transporte, éveille mes émotions, il me bouleverse. Depuis que je suis arrivé ici, je n'ai pas eu un instant de répit. Je marche dans toutes ces rues, je regarde les maisons reconstruites, je les compare avec les photos de celles qui n'existent plus. Sur les visages des gens, j'essaie de lire leur parcours, les histoires de leurs vies. Mais vous seule, Marvia, pouvez répondre à toutes les questions qui se bousculent dans ma tête, sans cesse, sans relâche. Vous êtes la seule Libanaise que je connaisse. Je ne dors plus, je suis exténué.

Marvia comprit pourquoi son visage lui avait semblé différent, fatigué, plus âgé.

— Les gens que je connais sont tous des Polonais venus au Liban pour travailler. Ils savent beaucoup de choses sur l'histoire et les coutumes du pays, mais moi j'ai besoin de quelqu'un d'ici, depuis des générations, depuis toujours.

— D'accord, Janusz, répondit-elle enfin, après un silence prolongé. Je peux vous raconter notre histoire.

— N'ayez pas peur, je changerai tout. Les prénoms, les noms, tout, personne ne vous reconnaîtra.

— Je n'ai pas peur. Vous pouvez ne rien changer. Vous ne pourrez pas tout dissimuler. Il y a certains faits si flagrants que ceux qui me connaissent me reconnaîtront, même si dans votre roman je ne m'appelle pas Marvia.

Janusz sortit un dictaphone et il la regarda.

— Vous êtes d'accord ?

— Oui, cette petite boîte rigolote ne me dérange pas.

Il appuya sur une touche et dit :

— Il faut bien commencer par quelque chose, alors pourquoi pas par ce qui m'a intrigué à l'aéroport ? Pourquoi avez-vous été retenue si longtemps au poste de contrôle, alors que les autres Libanais passaient sans problème ? Je me suis inquiété.

Marvia pâlit, elle ne put répondre. Elle détourna la tête et chercha un serveur des yeux. Elle lui fit signe de la main et dit quelque chose en arabe. Le serveur revint bientôt avec une bouteille d'eau et il remplit son verre. D'un geste, elle le remercia et le congédia. Elle but et regarda Janusz dans les yeux. Il eut l'impression de lire dans les siens un reproche et de la douleur, mais elle se ressaisit et répondit :

— Voilà, Janusz : bien que je sois libanaise, que toute la famille de mère soit libanaise depuis toujours, bien que je sois née et que j'aie grandi ici, pour les Libanais, je ne suis pas une Libanaise, parce que j'ai un passeport palestinien. Officiellement, je suis une Palestinienne.

— Comment ça ? demanda-t-il, choqué.

— Oui, parce que mon père était palestinien, répondit-elle.

Ce n'est qu'à présent que Janusz remarqua son visage plus sémite que ceux des Libanais de souche, sa peau plus sombre, ses traits plus anguleux. Une légère nuance, mais qui confirmait ses paroles. Il se rappela le visage de sa sœur. Celui-là était typiquement libanais, si tant est qu'on puisse définir un profil concret dans un pays qui a toujours été assujetti.

— Mon père était un Palestinien. Ils ont beaucoup souffert, ils ont été massacrés, au Liban ils vivaient enfermés dans des camps. Ceux qui s'étaient enfuis de leur propre pays, chassés... Sa voix se brisa.

Janusz comprit que l'histoire se complexifiait encore. Il ne s'attendait pas à ce qu'elle soit plus difficile qu'elle l'était déjà et voilà qu'elle devenait la quintessence de ce pays.

— Êtes-vous allée en Palestine ? demanda Janusz.

— Non. J'aurais bien voulu connaître ma famille palestinienne, mais je n'y suis pas allée et je n'irai probablement jamais. Une telle destination m'aurait certainement privée de toute possibilité de séjour au Liban. Je serais devenue suspecte aux yeux des autorités et le Liban est plus important pour moi, c'est ma patrie. Même si je n'y dispose pas d'autant de droits que si j'étais née d'un père libanais.

— Vous n'avez pas les mêmes droits que les autres Libanais ? demanda-t-il, étonné.

— Non, je n'en ai jamais eu. Le mariage de mes parents a provoqué un scandale énorme dans la famille de ma mère. Ils nous ont rejetés. Puis acceptés à nouveau après de longues années. C'est-à-dire moi, ma mère et mon frère. Mon père n'a jamais été accepté. Nous habitions pourtant en dehors du camp des réfugiés, parce que mon père bénéficiait d'une situation plutôt privilégiée, il était directeur de l'un de ces camps, mais quant à l'école, je me rendais au camp de Baalbec, avec les autres Palestiniens. Et plus tard, même si j'étais la meilleure élève de ma classe, je n'ai pas eu la possibilité d'étudier à l'université, ma candidature a été rejetée. Ça a été un drame pour moi, je me sentais libanaise, j'aimais ce pays et eux, ils m'ont toujours considérée comme une étrangère. Vous comprenez, Janusz, c'est au Liban que je suis venue au monde, toute ma famille était libanaise, depuis des générations, depuis toujours et malgré ça, je n'avais pas les mêmes droits que les autres enfants. Je faisais partie des immigrés. Il me restait une seule solution : l'école des infirmières à Beyrouth, dirigée par des religieuses anglaises. Ma famille, ma mère, mon père et mon frère, est restée à Zahlé, et moi, je suis partie à la capitale, en pension.

Le serveur les dérangeait de temps en temps, soucieux d'accomplir son travail correctement. Marvia était tellement émue par ce qu'elle racontait que parfois, sa voix se brisait. Alors, pour la camoufler, elle riait nerveusement. Ils mangeaient, sans trop savoir quoi, mais de temps en temps, Marvia complimentait :

— C'est très bon. Vous aimez ?

— Oui, c'est délicieux, j'adore la cuisine libanaise, répondait-il.

— Elle ressemble à la cuisine turque. Nous avons enduré leur occupation pendant quatre cents ans. Ça se voit justement dans la cuisine, rit-elle, bien que la nôtre soit meilleure. À vrai dire, on ne sait pas qui a copié qui, pour les recettes.

Marvia restait insondable pour Janusz. Son sens de l'humour se manifestait dans les moments les plus inattendus : deux minutes avant, elle lui parlait des bombardements de Beyrouth.

— Vous savez, Janusz, au Proche-Orient, les gens sont très susceptibles au sujet de la religion. Si vous voulez fâcher quelqu'un, parlez-lui de sa religion d'une façon qui va le heurter, le blesser. C'est ce qui a eu lieu. Qui en est responsable ? L'arsenal des forces internationales. Chacun voyait son intérêt dans cette guerre, les armes sont un business énorme. C'est pourquoi les guerres existent, elles servent à gagner de l'argent. Ils larguent des bombes et ils se fichent complètement du nombre de vies qui disparaissent en une seconde, du nombre d'enfants qui deviennent orphelins, livrés à leur sort dans les rues couvertes de ruines. Les principales victimes d'une guerre restent les enfants et les femmes, abusées par des hommes aux instincts bestiaux. C'est pourquoi beaucoup de femmes outragées se suicident. Personne ne s'en soucie : depuis la fenêtre d'un bureau dans lequel on prend des décisions, c'est une abstraction. Voilà une face du Liban, il y en a une autre. On peut venir ici pour bronzer – Marvia rit – ou faire du ski. On peut passer un bon moment dans les meilleurs et les plus élégants restaurants de Beyrouth. Ou alors gagner beaucoup d'argent au Casino du Liban, parce qu'il y en a vraiment beaucoup là-bas. C'est un pays de fous.

Marvia racontait tout cela en riant presque, d'une voix un peu forte, dans laquelle Janusz décelait une note d'amertume qu'elle essayait de cacher.

— Marvia, vous avez vécu la guerre de 1975. La guerre entre les musulmans et les chrétiens.

Marvia pâlit de nouveau.

— Une guerre civile. Tout avait été préparé à l'avance. Soudain, il s'est avéré que tout le monde était parfaitement armé. D'où venait une telle quantité d'armes ? Il n'y a pas d'autre explication que celle qui veut que c'était prévu. Le Liban ne fabrique pas d'armes. Alors elles sont venues d'où ? Quelqu'un y tenait beaucoup. Ça a été un conflit international sur le territoire du Liban. Les grands de ce monde ont joué avec notre population comme avec des marionnettes. Il suffisait de déclencher un conflit et ici, c'était si facile. Les médias en ont fourni une version très simplifiée.

— Et comment était votre vie, Marvia ? Votre vie au quotidien, en dehors de la politique.

— En dehors de la politique ? Mais on ne peut pas séparer notre vie de la politique, puisque nous en sommes les victimes.

— Vous voulez bien me raconter vos souvenirs depuis le début ?

— C'était notre Belle Époque. Le Liban avait été appelé la Suisse du Proche-Orient. Beyrouth était magnifique, je me promenais dans les rues et j'admirais les façades des maisons. Comme je vous l'ai déjà dit, j'étais venue étudier à l'école d'infirmières, une école anglaise pour filles, rattachée à un hôpital. Nous suivions des cours et en même temps, nous travaillions à l'hôpital. L'école était située dans le quartier arménien, beaucoup de mes camarades étaient des Arméniennes. J'aime beaucoup les Arméniens, ils sont travailleurs et honnêtes. Dans le temps, j'ai même appris leur langue. C'était le début de la guerre, nous étions toutes jeunes, avec tant de projets pour l'avenir. J'avais dix-sept ans, à cet âge-là on veut découvrir la vie, on a l'impression que le monde nous appartient. Et soudain, en quelques heures, tout est devenu impossible, du jour au lendemain. Personne n'était préparé à ce qui allait se passer. Les magasins et les autres services avaient fermé, subitement, tout, absolument tout était fermé. Est-ce que je me souviens de ce premier jour ? Oui, nous entendions des tirs, sans savoir de quoi il s'agissait. Dans les rues, des gens se battaient. On ne savait même pas qui luttait contre qui, c'était la confusion la plus totale. Au Liban, il y a beaucoup de partis politiques et dix-huit religions. Un si petit pays et si compliqué, si plein de conflits. Au début, nous ne savions pas que c'était une vraie guerre civile, nous pensions à des incidents momentanés. Marvia s'arrêta de parler. Elle resta silencieuse pendant un long moment, le visage tourné vers la fenêtre. Elle but une gorgée d'eau, puis une autre.

— Que pensez-vous, Janusz, de la dépression ? demanda-t-elle.

— De la dépression ? Il parut surpris.

— Oui, de cette maladie de riches. En France, elle est très à la mode, on prend du Prozac, la pilule du bonheur. Je ne sais pas, peut-être que ces gens manquent d'amour. Peut-être qu'ils ne comprennent pas ce qui est le plus important dans la vie. Nous, pendant la guerre, nous n'avons pas connu la dépression, alors que souvent nous avons tout perdu, y compris nos parents les plus proches.

Marvia essuya une larme et resta de nouveau silencieuse. Puis elle se ressaisit et poursuivit son histoire.

— Avant que la guerre éclate, je revenais à la maison, à Zahlé, tous les week-ends. Le plus souvent, mon père venait me chercher en voiture, les transports au Liban n'étaient pas au point. Il n'y avait pas de métro, il restait l'autobus, le taxi ou l'auto. Pendant la guerre, mon contact avec ma famille se limitait au téléphone et encore, si le téléphone fonctionnait, si le son passait bien.

Elle se tut de nouveau, concentrée, comme si elle rassemblait ses pensées et ses émotions.

— Vous savez, Janusz, j'avais une amie, Amal. En ce temps-là, c'était la personne qui m'était la plus proche à Beyrouth. Avec sa mère, elles avaient décidé de s'enfuir aux États-Unis. Tout avait été préparé pour le voyage, organisé dans les moindres détails. Elles ont péri, la veille de leur départ, écrasées sous les roues d'un camion syrien. Le lendemain, elles devaient se trouver loin de cet enfer. On peut essayer de fuir, le destin nous rattrape quand même.

Elle se tut encore, en essuyant ses larmes.

— Une autre histoire qui nous a tous bouleversés. La moitié de ma classe, des chrétiennes palestiniennes, a été torturée. Par qui ? On n'a jamais pu le savoir. C'était la guerre. Les tortures font partie de la guerre. On a retrouvé leurs corps, abandonnés à l'extérieur de la ville. Il y avait des traces : les yeux, les ongles, la peau, tout ce qu'on fait quand on torture. Durant cette guerre, il y a eu beaucoup de suppliciés. Et beaucoup de gorges coupées... La plupart du temps, des familles entières... Nombre de mes amis et connaissances sont morts justement de cette façon. Je n'ai retrouvé qu'une camarade de classe. Je la croyais assassinée, avec toute sa famille. Je l'ai rencontrée au Liban il y a deux ans. Elle m'a raconté qu'elle avait réussi à se sauver, avec son frère, mais qu'ils avaient vu leur père, leur mère et leur petite sœur se faire égorger. Est-ce qu'ils avaient vu les visages des meurtriers ? Non. Ils portaient toujours des cagoules.

— Marvia, est-ce que vous voulez continuer ? C'est peut-être trop difficile, on peut reporter à une autre fois.

— Non, ce n'est pas trop difficile, parce qu'il faut que vous sachiez. De toute façon, ce qui est trop difficile, je ne vous le dirai pas. Pas maintenant, en tout cas.

— Et votre vie quotidienne ? Vous aviez de quoi manger ?

— Moi oui, parce que j'étais en pension, mais les gens ordinaires étaient affamés. Pratiquement tous les magasins étaient fermés. Ma famille avait de quoi manger, parce que mon père dirigeait une organisation internationale d'aide aux réfugiés et grâce à son statut, il avait les moyens de protéger ses proches, donc ils n'ont pas souffert de la faim. Sinon, les gens s'entraidaient, partageaient la nourriture. À part cet aspect-là, comment nous vivions ? À l'école, nous faisions la fête, nous nous amusions, comme tous les jeunes de notre âge, nous organisions des soirées dansantes. Les copains venaient, les frères de mes camarades, qui amenaient d'autres copains. S'il y avait un bombardement, on montait le son de la musique au maximum. Comme ça, on entendait la musique plus que les bombes. Nous dansions comme des fous, à perdre le souffle, à retenir chaque seconde de notre jeune vie. Nous riions à gorge déployée, ça nous donnait du courage. L'idée de la musique et de la danse était un défi à la mort, à son visage macabre. Au lieu de rester dans les abris, nous faisions la noce, en jouant avec la guerre. Un soir, alors qu'on avait à peine quitté le salon pour aller se coucher, une bombe est tombée là où nous venions de danser. Nous l'avons évitée à quelques secondes près. Ça a été un choc !

Mais il n'y avait pas que les bombardements qui étaient épouvantables. Dans la rue, sur les toits des maisons, des snipers étaient postés. Ils ne savaient pas sur qui ils tiraient. Ils recevaient deux cents dollars par tête. Parfois, ils tuaient leurs frères. Sans le savoir. Ce pouvaient être leurs cousins ou des voisins. D'en haut, ils ne voyaient pas les visages de ceux qu'ils tuaient. C'est ça, la guerre civile. Les gens se sont mis à placer de grands sacs de sable, le long des rues, des « couloirs de sécurité ». Dans ce temps-là, je ne me tenais jamais bien droite, nous avancions tous courbés. Quand la guerre est là, on n'a plus de recul envers les événements. Ils deviennent naturels. L'homme s'habitue à tout. À la peur, au sommeil où il n'y a jamais de silence… Pendant la guerre, il n'y a pas de silence. Le bruit des bombardements et des fusillades était présent tout le temps. Dans ma tête, je voyais les visages de mes proches et je me demandais s'ils étaient encore en vie. Et je me demandais s'il existait un moyen pour stopper ce qui nous arrivait. De 1975 à 1985, c'était très dangereux. Avec des moments de répit, puis les carnages reprenaient. Sabra et Chatila, trois jours de massacres de femmes et d'enfants. Les tortures étaient administrées par des professionnels en la matière. Une des tortures consistait à attacher la victime par les bras et les jambes à deux voitures qui partaient dans les sens opposés. Une autre : l'écorchement. Pouvez-vous imaginer de telles souffrances ? Ils avaient appris tout ça dans des écoles de torture, pour l'utiliser pendant la guerre. Le pire, c'est que c'étaient des Libanais qui infligeaient ça à d'autres Libanais, juste d'une religion différente. Jamais avant les tortures n'avaient existé dans mon pays, seulement durant cette guerre. Ils s'emparaient d'un homme ou d'une femme et personne ne savait où ils l'emmenaient. Quinze jours plus tard, on retrouvait le corps dans une poubelle. Torturé, évidemment. Beaucoup de sang a coulé au Liban et je n'ai jamais vraiment compris pourquoi. Personne n'a gagné. C'était un champ de bataille, pour le commerce des armes. Ils ont choisi un pays faible, fragile, à la structure ethnique compliquée. Ils ont allumé le feu et ça a fonctionné. Pour quelle raison ? Je ne sais pas ce qui s'est passé. Jusqu'à ce jour, la vraie raison de cette guerre n'est pas claire pour nous. Ma famille a dû fuir. Les agresseurs sont arrivés dans notre petite ville et ils égorgeaient tout le monde, sans exception. Heureusement, quelqu'un a prévenu mon père : « Prends ta famille et sauve-toi. » Une demi-heure plus tard, les voisins étaient assassinés et mes petites camarades aussi, celles avec lesquelles je jouais dans mon enfance. Ils les ont tous égorgés. Mon père, ma mère et mon frère se sont enfuis à Saïda, où vivait la famille de mon père. Ils ont laissé tout ce qu'ils possédaient, ils ont tout perdu. Je remerciais Dieu qu'ils aient pu sauver leurs vies, la moitié de la ville avait été massacrée. Ensuite, ma famille a habité un village à côté de Saïda, Bramieyeh. Ils avaient réussi à trouver une chambre dans une modeste maison. Au début, père disait que c'était pour un moment, puis que c'était pour quelques mois. Dans la chambre, il y avait un canapé dont ils avaient fait quatre lits. Une alcôve, comme souvent dans les vieilles maisons libanaises, une cuisine minuscule dans un coin et les toilettes. Nous y avons tous habité, mon père, ma mère, mon frère et moi. Grâce à Dieu, nous avons survécu, même si nous avions tout perdu. Je n'ai pratiquement aucune photo, aucun souvenir. Nous n'avions à porter que les vêtements d'avant-guerre, sans rechange.

Elle se tut. Janusz n'avait pas voulu l'interrompre, il l'avait écoutée avec attention. Elle paraissait absente, à séjourner dans un autre lieu et un autre temps, regardait au fond d'elle-même et de ses souvenirs. Elle racontait, non plus à lui, mais à ses propres pensées.

— Il n'était pas facile de se déplacer dans les rues, parce qu'il y avait des snipers partout, et aussi beaucoup d'enlèvements, des gens disparaissaient, on les retrouvait morts, d'une mort atroce, ou personne ne savait jamais ce qu'ils étaient devenus. Des gens étaient interpellés dans la rue. On pointait du doigt ceux qui devaient être arrêtés. Il s'est avéré aussi qu'il y avait de nombreux espions qui vivaient au Liban depuis des années. Ils parlaient parfaitement la langue, personne ne pouvait se douter qu'ils n'étaient pas d'ici. Nous en avons connu un, personnellement. Il avait l'âge de ma mère, habitait à côté, s'était marié, il avait plusieurs enfants et comme il vivait dans la misère, mon père lui donnait un peu de pain tous les jours. Seulement, au cours de la guerre, nous avons appris qu'il était général. Et il ne faisait pas exception. Ils vivaient au Liban depuis des années, se mariaient avec des Libanaises, avaient des enfants, puis la vérité se faisait connaître pendant la guerre : ils avaient des postes importants dans l'armée, alors qu'ils avaient vécu parmi une population démunie.

Elle prit une profonde respiration et continua.

— Entre 1975 et 2005, il n'y a eu aucune maison où la mère n'ait pas porté le deuil. Le pays était complètement isolé du reste du monde. Il n'y avait pas d'argent, parce qu'il n'y avait plus de touristes. Qui n'aurait pas eu peur de venir ici ? Malgré le danger, la population essayait de vivre d'une façon normale, comment faire autrement ? Cette situation a duré tant d'années qu'elle semblait exister depuis toujours. Les gens qui avaient perdu deux ou trois maisons en construisaient une quatrième. Ils ne se laissaient pas abattre. Même s'ils avaient tout perdu et continuaient à perdre, ils ne connaissaient pas la dépression. Ils continuaient sans cesse, ils avançaient. Je sais juste que la douleur est une force qui nous aide, si nous savons en profiter d'une manière appropriée. Le Liban est la terre d'un combat entre le bien et le mal, entre deux contrastes. J'espère qu'un jour, le bien vaincra. Je suis chrétienne et pour les chrétiens, le plus important, c'est de pardonner. C'est l'amour et le pardon. Avons-nous une autre solution ? Qu'est-ce qu'une guerre ? C'est le pouvoir : dominer, posséder de plus en plus, être le plus fort et oublier le plus important. Alors que le plus important, c'est l'amour et la paix intérieure. Je pense que si nous disposons de cette paix intérieure, nous ne pouvons pas déclencher de guerre. Puisque la paix est la plénitude, l'amour envers son prochain. Ceux qui torturent... Comment un homme peut-il torturer un autre homme ? Un autre être ? Vous pouvez me le dire ? Soit il est sous l'influence des drogues, parce que la guerre, ce sont aussi les drogues, soit il est sous l'influence d'une idéologie malade, pleine de haine, qui conduit les gens à la folie.

Marvia arrêta de parler et elle commanda en dessert un mouhallabieh pour deux et de l'ahwa beida, de l'eau chaude avec de la fleur d'oranger et du sucre.

— C'est fini pour aujourd'hui, Janusz. J'en ai assez, de ces souvenirs. Il est tard et je voudrais rentrer et me reposer. Sauf si vous me posez une question simple, facile et plus joyeuse.

— Oui, Marvia. Comment est-elle, la femme libanaise ?

Marvia éclata d'un grand rire, son visage devint espiègle.

— La Libanaise est l'élégance incarnée. Elle aime les beaux vêtements. Lorsqu'elle se réveille le matin, elle pense tout de suite à son apparence. Elle s'habille, elle se maquille, elle met des hauts talons. Si une voisine lui rend visite, elles s'observent toutes les deux en détail : elles examinent leur maquillage, l'une regarde la bague qu'a choisie l'autre. Il faut que la mode vienne de Paris, un nom qu'elles prononcent en roulant le « r ». « Oh, ça vient de Parrris ? » Elles sont riches, souvent. L'argent ? C'est un autre sujet. C'est monsieur qui possède l'argent. En règle générale, la Libanaise ne travaille pas beaucoup. Elle est femme au foyer, elle boit des cafés, elle a une aide-ménagère qui nettoie et qui fait les courses. Par contre, c'est elle, la maîtresse de maison, qui cuisine pour son mari et ses enfants. Les enfants doivent être bien nourris et c'est pour ça qu'ils sont un peu trop gros. Pas obèses, comme les enfants aux États-Unis, mais ils ont des rondeurs. Ils n'ont pas le droit d'être maigres. Le plus important pour une Libanaise, juste après son café du matin, est de demander à sa voisine ce qu'elle va cuisiner pour le déjeuner. Elles se parlent par la fenêtre ou de leurs balcons. Il s'agit de préparer un plat meilleur que celui de l'autre. Les femmes libanaises sont toujours en compétition. Il y a beaucoup de jalousie entre elles. Mais ce n'est pas un sentiment très négatif, c'est une jalousie assez charmante. Très féminine. Un autre sujet important est la nécessité de se rendre belle pour le mari, lorsqu'il rentrera du travail.

Elle fit un petit geste de la main. Lorsque le serveur se présenta et que Janusz paya l'addition, elle sortit de son sac un poudrier, se repoudra le nez et remit une couche de rouge sur ses lèvres, puis elle examina soigneusement le maquillage de ses yeux et, satisfaite, elle sourit.

— Alors, on va marcher un peu ? demanda-t-elle.

Lorsqu'ils sortirent, elle poursuivit :

— Bien sûr, il y a un instant, nous parlions de la bourgeoisie libanaise et la guerre a changé beaucoup de choses. Souvent, ceux qui avaient été riches sont tombés dans la misère et de très pauvres se sont enrichis par le commerce des armes, celui des drogues et le vol. Oui, pendant la guerre, il est facile de voler. Pendant chaque guerre. Ces nouveaux riches font tout pour paraître, bien qu'ils manquent de classe. Mais le monopole des richesses énormes est détenu par les vieilles familles libanaises qui ont émigré, surtout au Brésil. Ils sont pleins aux as, ils ont des yachts, des hélicoptères. Il y a plus de Libanais émigrés que de Libanais au Liban. Il y en a aussi qui ne veulent pas quitter leur pays. Et d'autres encore, la vieille génération, qui reviennent, parce qu'ils veulent finir leur vie dans leur patrie, mais comme ils n'étaient pas là pendant la guerre, ils ne comprennent plus ce pays.

— Et vous, Marvia, est-ce que vous le comprenez ? Vous ne comprenez pas tout non plus, intervint Janusz qui, jusqu'à présent, n'avait fait qu'écouter avec patience.

— Vous avez raison, Janusz, parce que la compréhension est fondée sur la vérité et nous ne connaissons pas toute la vérité.

Ils continuèrent à marcher, silencieux, dans les rues de cette ville qui se tenait devant eux toute neuve, redevenue belle – il était difficile d'imaginer qu'elle avait resurgi à partir des ruines.

Songeurs, tous les deux, ils essayaient de trouver des mots pour les sentiments provoqués par les nouvelles maisons, restaurants, rues. C'était trop difficile : malgré la paix, l'ordre et l'essor, Beyrouth était devenue différente, étrangère à celle d'antan, perdue à jamais.

Ils arrivèrent devant la maison de la sœur et avant qu'ils se quittent, Janusz demanda :

— Marvia, trouverez-vous encore un peu de temps pour moi ?

— Je ne sais pas, Janusz, j'ai beaucoup de famille, nous allons nous déplacer pour les voir, là où ils habitent, où ils sont nombreux. Venez donc à Paris, répondit-elle avec un sourire.

— Merci de tout mon cœur pour ce que vous m'avez raconté. Vous ne vous rendez même pas compte combien c'est énorme. Je sais que ça a été difficile de parler de choses si dures.

— Je vous dis au revoir, Janusz, et je vous souhaite bonne chance. Et n'oubliez pas que le Liban n'est pas seulement le pays de la guerre. C'est aussi celui de l'origine des mythes grecs, des amours d'Adonis et d'Astarté.

Quand elle revint à la maison, la lumière était allumée dans le salon malgré l'heure tardive. Marvia entra, un peu inquiète, et vit Leila blottie dans le canapé.

— Que se passe-t-il, chérie, pourquoi tu ne dors pas ? demanda Marvia.

— Je t'attendais, Marvia, je voulais qu'on se parle, répondit-elle, d'une voix tremblante.

— Je suis là, maintenant, dis-moi ce qui se passe, je t'en prie, répondit Marvia avec tendresse.

Elle s'assit à côté de sa sœur.

— Tu sais, on a parlé très longtemps avec maman, pour la première fois, gémit-elle.

— Mais oui, je sais bien, j'attendais dans le couloir de l'hôpital, dit Marvia, un peu agacée.

— Oui, pour la première fois. La mère m'a dit une chose qui a fait que je lui ai tout pardonné et que je pourrai l'aimer le cœur léger. Je n'ai pas connu ce sentiment jusqu'à aujourd'hui. Est-ce que c'est ça, le bonheur ? Est-ce que le bonheur, c'est aimer sa mère ? Leila fondit en larmes dans les bras de Marvia.

— Qu'est-ce qu'elle t'a dit? demanda Marvia.

— Elle a dit que lorsqu'elle s'était sauvée et qu'elle m'avait laissée, elle n'avait plus dormi, qu'elle avait pleuré, pleuré toutes les nuits et lorsqu'elle s'assoupissait, elle rêvait de moi. Que son cœur était brisé, qu'elle n'avait pas un moment de répit dans cette détresse. Qu'elle avait voulu revenir de nombreuses fois pour m'enlever, mais elle qu'avait peur que mon père la capture de nouveau et la séquestre. Quand elle venait au village et demandait à tous les cousins d'intervenir pour qu'il la laisse voir sa fille, ils refusaient, ils avaient peur de mon père, de son caractère colérique. Il ne permettait même pas que notre grand-mère soit en contact avec moi, alors que nous habitions à côté. Grand-mère venait en cachette, pendant que j'avais la permission de jouer avec quelques cousins, mais la plupart du temps, je vivais isolée, enfermée dans la maison. Marvia, elle était innocente, elle était la victime de tous, de toute cette famille, de ces traditions stupides.

— Oui, Leila, je te l'ai toujours dit. Elle avait quatorze ans, elle était une petite fille innocente, lorsqu'ils l'ont mariée à ton père qui aurait pu être son père. Probablement parce qu'il était riche. L'argent explique tout, ajouta-t-elle avec rage.

Elles restèrent assises, en silence, serrées l'une contre l'autre. Marvia entourait sa grande sœur de son bras et elles s'endormirent ainsi, toutes les deux éreintées par les souvenirs.

Lorsque l'avion se préparait à atterrir, Paris était déjà entourée des lueurs du crépuscule. Par le hublot, Marvia regardait approcher les lumières de la ville, d'un jaune doré. Elle revenait vers son autre vie. Elle avait fait tout son possible pour que dans sa famille libanaise, il y ait plus de bonheur et moins de regrets. Ce sentiment d'avoir abouti la remplissait de bonheur. Elle allait descendre de l'avion, bientôt, et elle allait se retrouver dans les bras de Louis qui l'attendait. Il ne lui poserait aucune question, il attendrait qu'elle décide de tout lui raconter.

La foule joyeuse des passagers en train de quitter l'avion interrompit ses pensées. Lorsqu'elle eut passé les contrôles, elle tomba droit dans les bras de Louis. Impatient, il se tenait au premier rang des personnes qui attendaient à la sortie.

— Enfin, viens vite, sauvons-nous d'ici, rentrons à la maison, dit-il en guise de bonjour.

— Comment va Sarah ? Elle t'a téléphoné, de temps en temps ? demanda Marvia.

— Oui, et nous nous sommes vus, elle est venue deux fois à la maison. Nous avons même invité Madame Karmelkova, pour mettre un peu d'ambiance, pendant que tu n'étais pas là, répondit-il d'une voix joyeuse. Et c'était comment, à Beyrouth ? Comment se sent ta mère, elle va mieux ?

— Oui, chéri, mieux, beaucoup mieux, mais je te raconterai tout ça demain. Je suis horriblement fatiguée. Horriblement, répéta-t-elle.

— Le dîner attend sur la table, nous allons rentrer, tu vas manger puis te reposer.

Il la serra dans ses bras.

« Marvia, Marvia, Marvia... » Ce murmure bruissant l'appelait, l'attirait, l'implorait, insistait.

Autour, il faisait noir et un froid humide enveloppait son corps. Elle cherchait l'origine de ces chuchotements, mais elle n'avait aucune force. Elle ressentait la lourdeur de ses jambes qui refusaient de lui obéir, comme collées à la terre, à une lourde glaise. Il faisait tellement sombre qu'elle ne savait absolument pas où elle était. Elle était persuadée de connaître cet endroit, mais ne pouvait retrouver ni son nom ni le moment où elle y avait été. « Marvia, Marvia... » Elle se rendit compte que ce n'était pas une seule voix, elles étaient nombreuses, parlaient ensemble ou à tour de rôle, mais leur ton était le même. Elle essayait de les différencier, parce qu'elle les connaissait, sauf qu'à présent, elle n'arrivait pas à faire le rapprochement entre un visage précis et une voix. Puis elle en entendit une seule, unique : « Pourquoi es-tu vivante ? Pourquoi ? Comment tu as fait ? » C'était la voix qu'elle connaissait le mieux. Celle d'Amal. Son amie la plus proche. Amal. Marvia se couvrit les yeux de ses mains, pour ne rien voir et pour ne pas penser. D'ailleurs, elle ne voyait pas grand-chose, il faisait trop noir.

Elle se couvrit les oreilles de ses mains, pour ne pas entendre, mais les chuchotements lui parvenaient inexorablement. Elle ouvrit les yeux et de nouveau, comme à chaque fois qu'elle prenait ce chemin derrière la ville, elle vit la même fosse. Fraîchement ouverte. Des mottes de terre gisaient autour et en bas, Marvia voyait seulement des visages et des mains tendues vers elle. Elle ne voyait pas les corps, ni les bras, ni les torses, juste les têtes et les mains. Encore les mêmes visages sans yeux, sans paupières, des doigts sans ongles. Les mains voulaient la toucher, l'entraîner dans la fosse ; elle ne reculait pas, ne se défendait pas, ne faisait qu'examiner ces visages et essayer, une fois de plus, de les identifier. Tous avaient été torturés, tués, enterrés et ils vivaient toujours. Soudain, dans l'obscurité, elle sentit une présence qui approchait, était derrière son dos. La peur la paralysa, elle ne pouvait pas tourner sa tête pour identifier cette présence inquiétante. Elle ressentit son souffle sur sa nuque et tout de suite après quelqu'un la tirait par le bras, comme s'il voulait la pousser dans la fosse, parmi les personnes qui lui tendaient leurs mains meurtries.

— Marvia, Marvia, réveille-toi, réveille-toi, ma chérie, ce n'est qu'un mauvais rêve ! Je suis là. Elle reconnut les bras forts et chauds de Louis.

— Allez, arrête de pleurer. Tu es fatiguée par ton voyage d'hier.

Elle ouvrit les yeux, elle était à Paris, à la maison. Elle respira avec soulagement, mais elle ne parvenait pas à se calmer, à se ressaisir. Elle s'assit sur le lit, posa sa tête sur l'oreiller et continua à pleurer. « Je ne les oublierai jamais », répétait-elle.

— Marvia, tu es sûre de vouloir aller travailler ? demanda Louis, inquiet.

— Oui. Je vais me lever dans un instant et je vais y aller, répondit-elle d'une voix étranglée.

C'est ce qu'elle fit. Quand elle sortit de la salle de bain, parfumée, maquillée et coiffée, ses lèvres étaient revêtues d'un sourire. Elle s'approcha de son mari et se blottit dans ses bras puissants.

— Tu sais, Louis, durant de longues années je n'ai pas su qui j'étais vraiment. J'aime le Liban, mais, bien que j'y sois née, le gouvernement me considère comme une Palestinienne, même si je ne suis jamais allée en Palestine. Je ne connais même pas ma famille palestinienne. C'est probablement la France qui est mon pays, parce qu'elle m'a accueillie, en me respectant, en tant qu'être humain et en tant que femme. Au Proche-Orient, les femmes sont toujours considérées comme la propriété de quelqu'un, et ce, quelle que soit la religion. Si une femme a un amant, d'abord tout le monde jase et ensuite elle risque d'être punie par un frère, un père ou un autre propriétaire. C'est dans l'ordre des choses. Alors il me semble que c'est seulement ici que j'existe comme un être libre.

— Bon, enfin. Tu te sens française à cent pour cent ? rit Louis.

— Non. Pas complètement. Je resterai aussi, pour toujours, une Libanaise rejetée. Rejetée par des Libanais à cent pour cent libanais, répondit-elle.

Louis était allé au Liban plusieurs fois, avec Marvia, ils avaient visité Beyrouth, Saïda, Tripoli, Zahlé et d'autres villes. Malgré cela, il ne comprenait pas grand-chose à ce pays. Il le confia à Marvia qui le réconforta : « Ne t'en fais pas et n'essaie pas de comprendre. Nous-mêmes ne sommes pas capables d'englober toutes ces relations compliquées. C'est comme ça, c'est tout et la seule chose que l'on puisse faire est d'accepter qu'il n'y a pas de logique ni de bon sens. La seule chose qu'on peut prévoir, ce sont les guerres qui ne s'arrêteront probablement jamais. »

Sur ce, elle enfila son manteau et sortit de l'appartement. En bas, elle rencontra Madame Karmelkova, avec laquelle elle échangea quelques phrases, puis alla prendre le métro. Elle arriva au travail beaucoup trop tôt, elle se rendit donc à la cafétéria et trouva une table libre au fond de la salle, loin de ses collègues, toujours à bavarder et à cancaner. Elle était fatiguée de ces conversations interminables dont le seul sujet était les ragots. Elle sortit son téléphone de son sac et décida d'envoyer un texto à sa fille. Il y avait un moment déjà qu'elle n'avait aucune nouvelle de Sarah, depuis son départ à Beyrouth, et là-bas, elle avait été si occupée, accaparée par son séjour, qu'elle avait oublié de lui écrire. Soudain, elle sentit sur son épaule une petite main au toucher aussi délicat que la présence d'un papillon. Elle releva la tête et vit au-dessus d'elle la frimousse souriante d'Ayana, son amie japonaise. Elles ne s'étaient pas vues depuis un bout de temps, parce qu'Ayana était partie au

Japon pour un mois et Marvia ne savait plus quand elle devait rentrer. Ayana, grâce à sa délicatesse et à sa discrétion, était l'une de ces rares personnes dont la présence était un plaisir pur, une quiétude. Qui plus est, elle était intelligente, très douée, avec un sens aigu de l'esthétique. Son père était peintre, elle était photographe, c'est probablement de là que venaient son intérêt pour l'art et sa connaissance de diverses traditions et coutumes. Marvia ne savait pas grand-chose à son sujet, parce qu'Ayana restait très réservée quant à sa propre vie, en revanche elle était très attentionnée dans ses rapports avec autrui. À chaque fois qu'elles se voyaient, Marvia était étonnée par sa sagesse et par l'acuité de ses jugements. Un jour, elle lui avait fait part de son sentiment, car Ayana avait à peine vingt-cinq ans et ce jeune âge lui semblait en désaccord avec sa perception de la vie. Ayana avait alors répondu : « C'est parce qu'à l'intérieur de moi, je suis une très vieille personne », et ce n'était ni une plaisanterie ni une posture. Elle avait ajouté : « Il en a toujours été ainsi, depuis mes premiers souvenirs. Quand j'étais petite, je restais souvent seule, je jouais seule dans le jardin, je parlais aux fleurs et aux scarabées, comme ma grand-mère qui, enfant, parlait aux chandeliers en argent. »

Bien que d'emblée Marvia ait voulu être seule, elle se réjouit à la vue d'Ayana et la prit dans ses bras.

— Assieds-toi, Ayana, ça fait si longtemps qu'on ne s'était pas vues et qu'on n'avait pas parlé ! Quoi de neuf chez toi ?

— Je suis revenue de Tokyo il y a deux jours. Pour l'instant, je me sens un peu absente. Je ne me suis pas encore réhabituée à Paris.

— Et moi, je suis rentrée de Beyrouth hier, mais malheureusement je suis déjà ici à cent pour cent. Enfin presque, parce que je continue à penser à mon séjour. Je me sens comme si j'étais deux personnes. Deux Marvia. La première est celle qui est venue ici d'un pays lointain, où se poursuit une guerre incessante, et la deuxième est une Marvia qui est toujours coincée là-bas, dans ce lieu de combats et qui rôde comme un spectre parmi les ruines de ses souvenirs. Qui déterre les vieux décombres dans l'espoir de retrouver ce qui est irréversible, perdu. Cette Marvia-là se berce d'illusions à la recherche du temps perdu.

— Oui, « le temps perdu », dit Ayana, pensive, à mi-voix.

— Tu sais, quand je suis au Liban, je passe beaucoup de temps au cimetière. Je vais toujours sur la tombe de mon frère.

— Oui, tu m'as dit qu'il était mort, lui rappela Ayana.

— Il a été tué, continua Marvia. J'attends toujours un signe. Un signe qu'il est auprès de moi.

— Tu sais, Marvia, chez nous, au Japon, nous avons une relation avec les morts un peu différente de la France. Pour les Japonais, rendre hommage aux défunts est un acte très important. Lorsque des invités viennent à la maison, leur premier geste est de s'incliner en direction des cendres qui reposent dans un endroit spécial dans la pièce. Souvent, ils allument des encens en leur honneur. Je vais te raconter une histoire qui m'est arrivée la semaine dernière. Je suis allée au cimetière pour rendre hommage à mes ancêtres. Devant le portail, il y a toujours beaucoup de chats sauvages, qui ont peur des hommes, ils sont méfiants et se sauvent à leur arrivée. J'ai donc été très étonnée lorsque je suis entrée dans le cimetière et que sur mon chemin, j'ai vu un chat, assis, immobile comme un sphinx. Il ne bougeait pas, il me regardait. Quand je me suis approchée de lui, il s'est levé et il a couru quelque part, il a disparu. J'ai continué à marcher et lorsque je suis arrivée au tombeau familial, j'ai vu le chat assis dessus. Il s'était installé sur le monument et il me fixait de ses yeux immobiles. J'étais très surprise par cette situation qui paraissait irréelle, mais malgré cela, je me suis mise à nettoyer la tombe, puis à allumer de l'encens et à prier. Pendant tout ce temps-là, le chat m'observait, assis, immobile, majestueux. Il ne me quittait pas des yeux. Quand j'ai fini tout mon cérémonial et voulu repartir, le chat a sauté par terre et s'est agrippé de ses pattes à ma jambe. J'essayais de m'en débarrasser, mais il ne voulait pas me laisser partir. Il se mettait debout sur ses pattes arrière et il s'accrochait à mes jambes. Je tentais de le faire fuir, mais sans résultat. C'est seulement quand je lui ai dit que je devais m'en aller qu'il m'a laissée tranquille. Il s'est assis à l'endroit où je l'avais rencontré et il m'a regardée m'en aller. Je me suis retournée plusieurs fois, il était toujours là, il me regardait.

Marvia avait écouté très attentivement. Quand Ayana eut fini, elle dit :

— Ton histoire est vraiment extraordinaire. Il est possible que les défunts se servent d'autres formes de vie, d'animaux, par exemple, pour nous transmettre un signe, nous dire qu'ils sont toujours là, quelque part. Je me rappelle deux récits de mes amies. Le premier concerne un petit lapin. Mon amie m'a raconté qu'elle se promenait avec sa fille dans la forêt de Saint-Germain-en-Laye. Elles évoquaient des souvenirs d'enfance et sa fille a demandé : « Maman, est-ce que tu crois que Filou (c'était le nom de son lapin mort) existe quelque part, dans un paradis pour animaux ? Il me manque tellement... » La maman a répondu que oui, bien sûr. Et figure-toi qu'au moment où elle a prononcé ces mots, un lapin ou un lièvre a surgi de la forêt et il a traversé leur chemin. Tu imagines ? Elles n'avaient jamais vu de lapin dans cette forêt, et n'en ont plus jamais vu après.

— Incroyable, s'exclama Ayana.

— Une autre histoire, continua Marvia, et d'une autre amie. Elle avait accompagné une amie au cimetière, sur la tombe de son époux. Un très vieux et très beau cimetière, avec beaucoup d'arbres, le temps était ensoleillé et froid, la fin de l'automne, un calme triste quand les rayons du soleil donnent aux feuilles dorées la solennité de l'éphémère. Elles marchaient paisiblement, conscientes de l'atmosphère qui les entourait et qui encourageait peut-être leurs pensées aux confidences plus mystiques. La veuve racontait à son amie sa solitude, le vide qui l'entourait depuis le décès, son désir d'entrer en contact avec le défunt. Elle espérait recevoir un signe de lui ; qu'il se trouve quelque part, qu'il continue à exister. Comme elle n'était pas croyante, ce genre de demande semblait d'autant plus incongru, absurde, puisque ses pensées s'orientaient d'habitude vers la matière. Quand elle eut fini de parler, un écureuil accourut soudain d'une allée latérale et s'arrêta en les voyant. La veuve s'avança vers l'animal qui fit quelques bonds dans la direction inverse. Elles se rendirent compte alors qu'à force de parler, elles étaient parties trop loin. L'écureuil courut en vitesse dans l'allée qu'elles avaient ratée et il disparut. « Tu vois, c'était un signe de ton époux », dit mon amie.

— C'est une histoire extraordinaire, dit Ayana.

— Oui, répondit Marvia. Cette femme a eu de la chance, peut-être parce qu'elle doutait, mais cet épisode n'a rien changé dans sa façon de penser, pour elle ce n'était pas un signe, juste un hasard.

L'histoire d'Ayana et de la mort de sa grand-mère

À l'entrée de la gare Montparnasse, un mendiant d'une taille impressionnante était assis par terre. Il observait attentivement les voyageurs. Dans son regard intelligent se lisait l'indulgence pour les choses temporelles de ce monde, pour la frénésie et la poursuite de la perfection. Il semblait ne plus être concerné, il était en dehors de ce genre de problèmes, était assis ici et maintenant, mais sa conscience de l'éphémère lui donnait de la paix et du recul envers la vie. Il avait juste besoin de quelques pièces de monnaie, pour que son corps puisse vivre un jour de plus. Sur ses genoux, il tenait un bout de carton avec l'inscription : « Trop laid pour draguer, trop honnête pour voler. » La jeune fille aux longs cheveux noirs et aux yeux bridés passa à côté de lui, songeuse, remplie de tristesse. À un autre moment, elle se serait aperçue de l'écriteau et de son humour, elle aurait regardé le mendiant dans les yeux et elle aurait peut-être compris que lui non plus ne faisait pas vraiment partie du monde qui les entourait. Alors elle aurait probablement sorti son porte-monnaie et elle aurait permis à cet homme de continuer, de vivre une journée de plus. Mais ce n'était pas arrivé, car elle ne regardait que l'indispensable pour suivre son chemin.

Le train pour Rambouillet s'arrêtait pratiquement à toutes les gares. À certains endroits, personne ne descendait ni ne montait. On aurait cru que ce jour-là, les utilisateurs de la ligne se trouvaient autre part, probablement en vacances ; au bord de la mer, à la montagne, ailleurs, pas ici, pas dans ce train. Ayana était confortablement installée côté fenêtre. Soit elle contemplait les paysages, brûlés par le soleil, qui défilaient au rythme du train, soit elle suivait l'histoire d'Anne de La Maison aux pignons verts de Lucy Maud Montgomery, une lecture vers laquelle elle revenait régulièrement, surtout lorsqu'elle ressentait le besoin de sécurité de l'enfance. Ces derniers temps, il lui semblait s'éloigner de plus en plus du monde présent : l'univers allait dans un sens que personne de normal ne souhaitait ni n'avait prévu. Ayana ressentait un besoin irrésistible de romantisme. Les temps révolus de la petite Anne rêveuse lui paraissaient plus proches que l'époque dans laquelle elle vivait actuellement. Car sa grand-mère française, sa grand-mère Gabrielle chérie, s'envolait de plus en plus loin et de plus en plus vite, portée par sa maladie ; ni les médecins, ni la famille, ni personne n'arrivait à freiner le décompte du temps. Elle allait la voir tous les week-ends et elle essayait de profiter de chaque instant précieux qui leur restait.

Lorsque le train s'arrêta à Rambouillet, Ayana sortit avec l'impression de descendre aux enfers. Malgré l'heure tardive, la température rappelait celle qui émane d'un four où cuit un gâteau. C'était très ressemblant, dans une version accrue. Il n'y avait pas un soupçon de vent, l'air était figé. Ses tempes pulsaient douloureusement. Elle tenta de remplir ses poumons d'air, mais apparemment, il n'en restait plus, il avait dû être aspiré par ce four aux dimensions gigantesques. Elle avançait lentement vers la maison de sa grand-mère, située loin du centre, près de la forêt.

Quand enfin elle atteignit le portillon, elle vit Marta, l'aide-ménagère, assise sur les marches. Visiblement, elle espérait l'arrivée de quelqu'un, sur son visage ruisselant de chaleur se dessinait l'inquiétude. À la vue d'Ayana, elle se leva, elle la prit par la main et la conduisit à l'intérieur, dans la chambre. Grand-mère était allongée sur le dos, on aurait dit qu'elle dormait et qu'elle rêvait de quelque chose d'agréable, sur ses lèvres se dessinait l'ombre d'un sourire. Ayana s'assit sur une chaise à côté du lit et elle prit entre ses paumes la main froide de sa grand-mère. Elle avait tant de choses à lui raconter, qu'elle avait oubliées de dire la semaine dernière, et maintenant c'était trop tard. Elle posa la tête sur le bord du lit et il lui sembla qu'elles marchaient ensemble, le long d'un chemin dans la forêt, que le temps s'était arrêté spécialement pour elles, parce qu'elles savaient parler au temps et qu'il avait exaucé leur souhait. De loin lui parvenait le son d'un accordéon, l'instant d'après celui d'un violon, quelqu'un jouait l'Oblivion d'Astor Piazzolla. Le chemin devenait brumeux alors que les sons de la musique se rapprochaient. La main de grand-mère s'était échappée de celle d'Ayana, qui ouvrit lentement les yeux. Dans un fauteuil était assis son frère aîné Cyrille, il était en train de jouer de l'accordéon, à côté de la cheminée, sa mère se tenait debout et l'archet de son violon caressait les cordes.

Elle se mit doucement debout, monta dans sa chambre, prit son sac à dos et dévala l'escalier le plus vite possible, sauta sur son vieux vélo et se mit à rouler à toute vitesse. De loin lui parvenaient toujours les sons d'une musique, elle entendait cette fois The Four Seasons of Buenos Aires. Elle se souvint que c'était le morceau préféré de sa grand-mère. Elle laissa le vélo sous un arbre, se changea en vitesse et se précipita dans l'écurie. Saphir l'attendait, patient, et elle colla sa tête contre son cou bien chaud. Il hennit et elle pensa qu'il savait déjà ce qui était arrivé. Malgré ça, elle lui murmura à l'oreille : « Grand-mère Gabrielle s'en est allée. Elle est partie rejoindre grand-père. Je suis très malheureuse. Toi, Saphir, tu me comprends certainement. » Elle le sella et ils galopèrent sur un chemin à travers la forêt.

Ayana revoyait le visage de sa grand-mère et des images défilaient devant ses yeux : sa grand-mère dans le jardin, sous un arbre, en train de lire, le chat sur ses genoux ; à la fenêtre à attendre son arrivée ; dans la cuisine, avec les mains dans la pâte, à préparer un gâteau ; et enfin sa grand-mère quand elle était petite, en train de parler aux chandeliers en argent. Évidemment, elle ne l'avait jamais connue comme ça, mais lorsque grand-mère s'était rendu compte qu'elle parlait aux fleurs, aux hannetons et aux autres petits êtres du jardin, elle lui avait confié qu'elle-même avait l'habitude de jouer toute seule, qu'elle racontait des histoires aux vieux chandeliers, et Ayana s'était tout de suite imaginé une petite fille de son âge.

Elle revint à la maison tard dans la soirée. Ses longs cheveux noirs étaient pleins de feuilles et de toiles d'araignée, mais son visage était serein. Toute la famille l'attendait dans le salon. Elle se dirigea vers sa mère et la serra très fort dans ses bras. Grand-mère n'était plus là, on avait enlevé son corps.

Malgré l'heure tardive, elles préparèrent tout ce dont grand-mère allait avoir certainement besoin. Quand elles ouvrirent la vieille armoire en bois sculpté, sa porte grinça et quelques mites s'envolèrent de l'intérieur. « Non mais, qu'est-ce que vous faites là ? » maugréa Ayana. Elle sortit la fourrure de vison qui lui parut mortellement lourde. « Comment grand-mère va-t-elle supporter ce poids ? se demanda-t-elle. En plus, il fait presque quarante degrés, elle aura trop chaud. »

Au cœur de la nuit, elle s'assit à son bureau et se mit à écrire.

« Ma Moumouna,

Que je suis triste que tu sois partie... Je suis tellement malheureuse et si seule ! Je n'ai pas l'impression que cela soit réel, j'aurais voulu être là, avec toi jusqu'au bout. Je sais que nous avons eu le temps de nous dire adieu, la dernière fois quand tu m'as dit à quel point tu m'aimais, c'était un adieu, n'est-ce pas ? Je ne voulais pas le savoir, alors je t'ai dit à bientôt. Et maintenant, ce sera quand, bientôt ? Je veux pouvoir encore parler avec toi, des heures durant, en se tenant la main comme nous le faisions. Comme nous l'avons toujours fait pendant toutes ces années. Tu as été la plus fabuleuse des grand-mères et je suis persuadée, je sais que dans une vie antérieure ou une vie future, nous nous connaîtrons, nous nous reconnaîtrons, car nous sommes des âmes sœurs. Peut-être serons-nous sœurs, amies ou confidentes. On continuera de prendre le thé ensemble sans que le temps ait de prise sur nous.

Tu vas tellement me manquer, je t'aime tellement !

J'ai fait ce que tu voulais pour ton enterrement, j'ai trouvé les affaires que tu voulais porter, ton manteau en vison offert par grand-père, tes bottines fourrées et ton sac à main.

Je veux que tu sois en tenue d'apparat pour rejoindre saint Pierre. Je crois qu'il n'aura jamais vu une entrée si triomphale, j'ai parfumé ton vison, maman a choisi ta robe et je t'ai mis au doigt le diamant que je t'ai offert. Tu emportes aussi le bracelet que Cyrille et moi t'avions donné. Je me suis demandé ce qu'il te faudrait pour le Paradis, je ne sais pas trop ce dont on pourrait avoir besoin, d'ailleurs. Cela dit, je suis quand même allée acheter tes cigarettes que j'ai mises dans ton étui en argent, tu aimais bien crapoter en cachette. Il y a sans doute là-bas quelques plaisirs terrestres autorisés.

J'ai mis également dans ton sac des photos de nous que tu gardais et quelques cartes postales que tu avais reçues. J'espère que cela t'accompagnera dans l'au-delà. J'espère que tu as été heureuse ici-bas, j'espère que nous t'avons rendue heureuse autant que tu nous as rendus heureux.

Tu vas me manquer et s'il te plaît, reviens me voir.

J'aimerais que tu viennes dans mes rêves.

Je veux que nous puissions encore passer du temps ensemble, dans un monde où il n'y a ni temps ni saisons.

Un monde qui ne connaît pas l'absurdité de ton absence, un jour d'été caniculaire, alors que tu portes un manteau de fourrure…

J'espère que tu vas rejoindre grand-père. Je sais que tu ne croyais pas que l'on retrouve les siens après la mort, pourtant je prie pour que ce soit vrai. En tout cas, que tu atteignes une sérénité éternelle.

On se reverra, on se retrouvera.

En attendant, il faut que je te laisse aussi. Il n'y a que la mort et la vie qui sont irrémédiables, n'est-ce pas ? Je dois vivre, encore un moment en tout cas, alors j'espère que tu m'accompagneras où que tu sois.

Tu es dans mon cœur à jamais.

Quand viendra le dernier jour de ma vie, je penserai encore à toi, car je sais que je te rejoindrai.

Je t'écris ces mots pour qu'ils t'accompagnent dans l'éternité.

Je mets cette lettre dans ton sac à main car pour l'éternité, il faut de la lecture.

À bientôt, ma Moumouna.

Je t'aime pour toujours.

Ayana »

Trois mois plus tard, Ayana était assise sur un banc, dans un parc, en train d'attendre quelqu'un. C'était l'automne, mais un beau soleil semblait nier l'arrivée du prochain hiver. Ayana trouvait là une paix semblable à un rêve. Les feuilles avaient bruissé, doucement, elle tourna la tête dans cette direction et elle vit sa grand-mère venir vers elle et s'asseoir à côté. Elle portait sa fourrure de vison et tenait son sac à main.

— Je n'ai pas pu venir avant. J'étais dans un endroit inconnu et désagréable, avec beaucoup d'autres personnes. Le pire, c'était qu'on me tutoyait et tu sais bien que je déteste ça. Maintenant, je suis avec grand-père. Je ne peux pas te rendre visite trop souvent.

Sa grand-mère se leva et repartit dans la direction d'où elle était venue.

Ayana ouvrit les yeux et elle pleura, longtemps. Elle savait que grand-mère n'allait plus lui rendre visite, à moins qu'il se passe quelque chose de vraiment important.

L'histoire de Salma

Salma était allongée sur un lit d'hôpital, c'était la fin de la journée, derrière la fenêtre, le soleil commençait à se coucher, rougeoyant, il dispensait cette lumière extraordinaire, magnifique, un mélange de calme et de nostalgie de l'insaisissable. Elle ferma ses yeux fatigués, depuis quelques jours ses larmes avaient coulé pratiquement sans arrêt, alors que maintenant, un sourire se dessinait sur ses lèvres. Elle se sentait en paix, heureuse, savait qu'elle pouvait partir sans regret. Enfin, elle pouvait partir. Sa fille, sa petite Leila abandonnée lui avait pardonné. Après tant d'années, à la fin de sa vie, elles étaient enfin ensemble. Grâce à Marvia, c'était grâce à Marvia que Salma avait compris qu'il lui fallait demander pardon à sa fille. Pourtant, c'était si simple ! Pourquoi ne l'avait-elle pas fait avant ? Tant d'années perdues… Au cours des jours suivants, peut-être des mois qui lui restaient, elle allait pouvoir se réjouir de son bonheur, lorsque Leila allait venir la voir, car enfin, tous les murs qui les séparaient étaient tombés, elles étaient ensemble, mère et fille. Salma venait de comprendre que toutes ces années où elle croyait être heureuse dans sa nouvelle famille n'étaient pas un bonheur complet, il manquait Leila au sein de son foyer, Leila qui vivait dans une autre maison, triste et fermée, et qui venait lui rendre visite seulement dans les rêves. Oh, la vie cruelle… Pourtant, Salma aimait la vie et les instants qui lui restaient allaient être une récompense pour les précédents, à présent effacés, hors du temps. Elle n'avait plus besoin de simuler la folie pour appeler Marvia. Marvia avait rempli sa mission. Sous les paupières baissées de Salma défilaient les souvenirs lointains qu'elle évoquait rarement.

« Hé, les gars, Salma vient, elle va passer ! » Cette nouvelle se répandait dans Bramieyeh en un éclair. « Salma va passer », criaient ou chuchotaient les voisins.

Elle était la plus belle de toute la contrée. Ses longs cheveux sombres, couleur châtain, luisaient dans la lumière, sa peau claire resplendissait, ses mouvements pleins de grâce suscitaient l'admiration de tous. Les gens sortaient dans la rue pour la voir marcher, d'autres attendaient son passage à la fenêtre ou sur le balcon. Les hommes et les jeunes garçons rêvaient d'elle en cachette, ils poussaient de gros soupirs, mais en la voyant avancer, ils se donnaient des coups d'épaule, ils riaient, paillards, ils fanfaronnaient. Les femmes, malgré leur admiration devant sa beauté et son charme, étaient jalouses et retenaient leurs hommes. Elles les freinaient, essayaient de les calmer, sans succès. Salma avançait dans la rue, la tête fièrement relevée, de sa main elle soulevait les pans lourds de sa longue robe traditionnelle, d'un vert sombre. C'est justement à la couleur de sa robe du jour que s'intéressaient les femmes. De loin, on entendait des cris : « Salma vient ! » Elle avançait sans se presser, sans s'arrêter non plus, comme si les regards des autres lui étaient indifférents. Elle avait l'habitude des yeux fixés sur elle, il en avait toujours été ainsi, depuis le début de sa jeune vie on rendait hommage à sa beauté. Oui, justement… sa jeune vie. Est-ce que quiconque parmi les gens qui l'attendaient avait pensé qu'elle n'était qu'une enfant ? Elle avait seulement quatorze ans, alors que tout le monde la voyait comme une femme adulte. Elle traversait le village sans se soucier de rien, comme si le monde lui appartenait. Elle n'avait pas besoin d'avoir des amies, d'ailleurs elle ne comprenait pas très bien ce qu'elles avaient à se dire, sans cesse à se chuchoter à l'oreille. Elle, Salma, préférait être seule, se promener dans les collines, cueillir des figues et se délecter de leur goût suave, sentir leur jus dégouliner le long de ses mains. Plutôt que la compagnie de ses petites voisines, elle préférait celle de ses frères et sœurs. Il lui semblait toujours que les autres n'étaient pas vraiment sincères, dans leurs compliments au sujet de ses robes ou de ses coiffures elle entendait une fausse note, comme si un musicien se trompait dans son jeu. Parmi sa fratrie, elle était l'aînée et bénéficiait d'un certain respect, surtout depuis qu'elle avait eu quatorze ans et qu'on lui faisait comprendre qu'elle était devenue adulte. Ce soir-là, lorsqu'elle rentra, elle trouva plein d'invités à la maison, les parents avaient organisé une réception et ils n'étaient pas contents qu'elle revienne aussi tard.

— Où tu t'es baladée aussi longtemps, Salma ? Tout le monde t'attend, cria sa mère.

Sa mère était très sévère. Il fallait bien qu'elle gère ses obligations : tenir la maison et élever les enfants. Ils étaient sept à présent et l'on ne savait jamais si n'allait pas arriver un nouveau petit pour brailler pendant la nuit et leur enlever la mère, l'accaparer complètement une fois de plus. Mais Salma ne se plaignait pas, sentant qu'elle était la fille préférée, qu'un lien les unissait, invisible mais fort. La mère, malgré toutes ses obligations, venait la voir tous les soirs, coiffait patiemment ses cheveux et fredonnait tout bas un vieux chant libanais qui parlait des aventuriers phéniciens légendaires. Ses longs cheveux, rarement coupés, de la couleur sombre du noyer et par endroits de la châtaigne, où se mirait la lumière en donnant l'impression de refléter l'eau des ruisseaux qui descendaient des montagnes près de leur maison. La mère ne criait pas souvent après elle, elle ne l'avait même pas sermonnée quand les Français étaient arrivés dans leur village, quand le général de Gaulle avait fait un discours à la population réunie sur la place. La petite Salma avait couru vers lui et il s'était penché pour l'embrasser sur le front. Certains voisins avaient pensé que ses parents l'avaient envoyée auprès du général pour obtenir ses faveurs, alors qu'elle l'avait fait spontanément, sans savoir pourquoi. La mère ne l'avait pas grondée, même si le père n'était pas content de son indiscipline. Alors pourquoi la mère avait-elle crié aujourd'hui ? Salma n'avait rien fait de différent des autres jours, elle était revenue de sa promenade en fin d'après-midi.

Elle ne pouvait pas comprendre que c'était le jour de ses fiançailles, que son promis, un homme du voisinage, de l'âge de sa propre mère, était venu chez eux, avec ses parents, pour discuter du mariage, du montant de la dot, passer un accord non écrit. Salma ne comprenait rien de tout cela. Personne ne lui avait expliqué en quoi consistait le mariage ni pourquoi elle devait dire adieu pour toujours à l'enfance. Elle ne connaissait pas cet homme aux traits anguleux, au regard noir et aux manières grossières. Elle ne l'avait jamais vu à la maison auparavant et maintenant, sans même savoir quoi que ce soit sur le mariage ou sur les vraies raisons de sa visite, sa présence lui déplut. Elle n'aimait pas la façon dont il la regardait. Lorsque les invités furent partis et que la porte se fut fermée derrière eux, Salma se précipita vers sa mère.

— Maman, pourquoi ils sont venus ? Pourquoi aujourd'hui tu es en colère contre moi ? Je n'aime pas cet homme qui doit devenir mon mari.

La mère la repoussa.

— Tu es une adulte, Salma. Moi aussi, j'ai été mariée à ton âge. C'est une famille respectable, tu seras bien chez eux. Tu ne trouveras pas mieux.

— Maman, je ne veux pas. Je veux rester à la maison, avec vous, protesta Salma.

— Mais c'est tout près, tu pourras venir nous voir de temps en temps, quand tu trouveras un moment de libre, parmi tes obligations.

— Maman, quelles obligations ? s'inquiéta la petite fille.

— Tu verras bientôt.

Salma ne dormit pas de la nuit. Elle revoyait le visage d'Adam, son futur mari. Personne ne lui avait expliqué le sens du mariage ni son rôle, mais la seule présence de cet homme avait suscité en elle du désagrément et de la frayeur.

Les jours suivants furent consacrés à préparer la noce. Toute la famille participait, on faisait le ménage, on sortait les meubles dans la cour pour les rafraîchir, la mère cuisinait les plats. Salma n'avait plus le droit de se promener dans les environs, elle devait rester à la maison, aider aux préparatifs ou s'occuper de ses frères et sœurs.

— Oui, apprends, bientôt tu vas pouponner ton propre bébé, lui répétaient ses tantes, en riant aux éclats, contentes d'elles-mêmes et de leur sagesse.

Salma se sentait soudain si seule dans sa propre famille ; jusqu'à présent, elle n'avait jamais éprouvé le sentiment de solitude et elle n'arrivait pas à s'y faire. La mère commença à avoir quelques remords en voyant sa fille malheureuse, sans cesse fatiguée. Elle entendait Salma se retourner dans son lit sans pouvoir trouver le sommeil. Un jour, la mère sortit avec son mari devant la maison et ils parlèrent longtemps, ou peut-être ils s'affrontèrent, car ce n'était pas une discussion calme. La mère gesticulait, pleurait, on aurait dit qu'elle implorait le père. À un moment donné, elle tomba à genoux devant lui, mais il resta implacable, de plus en plus mécontent. Elle finit par se relever et courut dans la direction de la maison de ses parents. Le père s'assit devant la maison, le visage sombre. Il ne faisait même pas attention aux voisins qui le saluaient en passant. La mère ne rentra que le soir, on voyait sur son visage qu'elle avait beaucoup pleuré, tout son corps témoignait de son accablement. Le père ne bougea pas de sa chaise, il l'accueillit juste par ces mots : « La parole donnée est la parole donnée, on ne peut pas revenir dessus. Et c'est tout ! »

La mère s'approcha de sa fille abattue et la serra très fort contre sa poitrine. Elles restèrent ainsi dans les bras l'une de l'autre et la mère lui chuchotait à l'oreille : « Salma, ma petite fille adorée… Je regrette, je regrette tellement… Qu'est-ce que je vais faire sans toi… Oh, j'ai tant de peine… Ma pauvre enfant… » Le père était de plus en plus exaspéré, il finit par se lever et alla chez les voisins.

Arriva le jour des épousailles. C'était probablement la maison de mariée la plus triste qui ait jamais existé sur cette terre. Les enfants étaient moroses, ils sentaient qu'un malheur planait au-dessus de leur foyer. Seul le père ne voulait pas céder, bien qu'il ne criât plus, ne sermonnât plus, ne donnât plus de leçons de morale. La mère le suppliait de tout annuler, affirmant qu'il était encore temps – il n'y prêtait aucune attention.

Salma, vêtue d'une nouvelle robe cousue par ses tantes, se tenait au milieu de la pièce. Ses longs cheveux magnifiques tombaient sur ses épaules. Son visage était pâle, comme si elle n'avait jamais vu le soleil. Sous ses yeux se dessinaient deux ombres qui soulignaient son regard triste. Des années plus tard, lorsqu'elle repensait à ce jour-là, un seul mot lui venait à l'esprit : « sacrifiée ». Elle avait rejeté le mot « vendue », par respect pour ses parents.

La journée des épousailles, Salma l'avait un peu oubliée, parce qu'elle n'avait pas été vraiment présente lors des cérémonies pour lesquelles étaient venues toute la famille et l'ensemble des connaissances des environs. Elle se souvenait seulement du visage triste de sa mère et de ses yeux baissés, du désarroi de ses frères et sœurs qui se serraient contre elle et de l'expression butée du père. Elle se rappelait aussi une longue messe, interminable, du prêtre qu'elle connaissait depuis toute petite et qui, lui aussi, avait le visage fermé, telle une porte inaccessible. Il y eut après des danses et des chants de noce, beaucoup de musique, une table garnie de plats auxquels elle n'avait même pas touché. Et les robes traditionnelles des femmes, chatoyantes de couleurs.

Au milieu de la nuit, le jeune marié ivre s'approcha de Salma. Jusqu'alors, il s'était diverti avec toutes les jeunes filles célibataires, il dansait avec elles et riait fort. Maintenant qu'il s'était bien amusé, il vint vers elle, prit son bras et voulut la sortir de la maison. Salma, le dégoût sur le visage, se cramponnait à toutes les personnes sur son chemin. Il y eut un moment de confusion, certains rirent fort, amusés par la scène. Il finit par la sortir de force. La musique et les rires des festoyeurs les accompagnaient. Il la saisit dans l'entrée et l'entraîna dans la chambre à coucher, en fermant la porte d'un coup de pied. Elle hurlait et elle essayait de lui échapper. Elle se mit à le mordre. De ce qui s'ensuivit, elle ne garda pas de souvenir, même des années plus tard, aucune image de cette nuit ne lui apparut jamais. Il lui sembla seulement que son âme avait abandonné son corps pour se cacher dans un coin de la pièce. Elle s'était probablement évanouie, avait perdu toute conscience pour s'en aller, ailleurs. Quand elle reprit ses esprits plus tard, elle se trouvait, transpercée d'horribles douleurs, submergée par l'humiliation, à côté d'un homme qui ronflait fort, son mari. Elle se glissa au bas du lit et se dirigea vers la porte, le plus doucement possible, et l'ouvrit en retenant son souffle. Elle sortit dehors, alla vers la maison de ses parents. Cette courte distance lui parut cruellement longue. Chaque pas ravivait ses meurtrissures, elle se sentait sale, son odeur lui était insupportable. En approchant de la maison, elle vit que sa mère était là, malgré l'heure avancée, assise sur le banc, la tête enfouie dans ses mains. La mère redressa la tête, elle vit sa fille, se leva pour la prendre dans ses bras. Elle l'emmena à la maison puis commença à l'aider à enlever sa robe, déchirée et ensanglantée. Elles pleuraient toutes les deux, tout bas, pour ne réveiller personne. Elles entendirent soudain un brouhaha, un bruit de meubles renversés et des hurlements venant du couloir. Elles se figèrent. Adam surgit et se précipita sur elles, les poings levés. Il gifla la mère, lui arracha Salma pour la traîner par la main et par les cheveux hors de la maison familiale. Personne ne sut comment se déroulèrent les jours suivants. Salma ne revenait plus et sa mère avait peur d'aller la voir. Une nuit, Salma apparut, à l'aube, elle avait un regard ahuri, un visage blafard et des cheveux hirsutes qui avaient perdu leur éclat, ils semblaient ternes et plus courts. La mère essaya d'échanger avec sa fille quelques paroles, mais Salma répondait d'une façon incohérente et évitait son regard. Elle finit par se lever et s'en aller. La mère suivit sa fille du regard, alors qu'elle marchait dans la direction opposée à celle de son nouveau foyer. Elle se dirigeait vers le verger des figues. Adam sortit de la maison d'en face et il la poursuivit jusqu'à l'attraper. Il saisit son bras et la força à rentrer avec lui, pendant qu'elle se débattait.

La mère s'était assise sur le banc, immobile. À un moment donné, elle sentit non seulement la détresse, mais la colère, envers elle-même, surtout, et envers toute la famille. Elle entra dans la maison et cria à son mari :

— Qu'avons-nous fait, Bahir ? Est-ce que tu te rends compte de ce qui est arrivé ? Salma, notre enfant aînée, a sombré dans la folie. Est-ce que tu comprends ça ? Qui sommes-nous ? Des animaux ou des chrétiens ? Et lui, c'est un homme ou une bête sauvage ? Elle va se tuer un jour, elle va se suicider, criait-elle en pleurant.

— Femme, calme-toi. Tu m'empêches de dormir. Elle va s'habituer, tu verras. Adam n'est pas un homme méchant. Il est juste un peu brusque.

La mère s'assit sur le lit. Elle venait de comprendre que son mari n'allait jamais la soutenir, ni elle, ni aucune autre femme. Elle ne pouvait pas non plus en parler aux cousines et aux voisines qui considéraient la tradition comme la chose la plus importante et trouvaient les événements des plus normaux. C'est seulement cette altière Salma, à porter si haut la tête, qui se conduisait maintenant d'une façon indigne, comme si elle ne respectait rien. Elles répétaient à Nour : « N'exagère pas, chacune de nous a été donnée en mariage, parfois nous ne connaissions pas nos futurs maris et ce n'a pas été un drame. On peut s'habituer à tout. Ta Salma est une hystérique et elle fait honte à nous toutes. » La mère savait que Salma avait vraiment perdu la raison et qu'il n'y avait aucun moyen de l'aider. Sa détresse faisait que la mère vivait désormais comme un automate, elle s'occupait de ses autres enfants qui n'avaient pas compris grand-chose à ce qui était arrivé, de la maison où régnait à présent un désordre total, parce qu'elle manquait de forces pour travailler comme avant et que Salma n'était plus là pour l'aider vite et bien, en chantonnant. Et puis, la mère s'asseyait souvent devant la porte avec l'espoir que sa fille apparaisse ou qu'elle ait de ses nouvelles. Des semaines passèrent, puis des mois. Elle ne voyait Salma que de loin, pendant de courts instants, sans pouvoir distinguer l'expression de son visage. Une fois, Salma était venue en plein jour. Elle s'était assise sur le banc, à côté de la mère. Elle semblait calme, elle lui fit une caresse et dit : « Maman, j'ai un gros ventre. J'espère que je vais mourir bientôt. » Elle se leva et partit, la mère garda le souvenir de son visage toujours si pâle et de ses yeux pleins de tristesse. Elle ne parla pas de cette courte visite, ni à son mari ni à personne. Depuis ce jour-là Salma revint encore deux fois, elles ne se parlaient pas, elles restaient juste assises l'une près de l'autre et Salma repartait d'un pas lent, comme dans un rêve.

Un jour, la nouvelle se répandit dans les environs : Salma était en train d'accoucher. La mère courut aussitôt vers la maison où habitait maintenant sa fille. Essoufflée, elle vit dans la cour tout un groupe de femmes de la famille d'Adam. Elle voulut entrer, mais Adam lui barra le chemin, il lui interdit de passer le seuil. Son visage était tendu, ses yeux brillaient de colère.

— Je ne te laisserai pas assister à la naissance de mon fils, cria-t-il, et Nour sentit une odeur d'alcool.

— Pourquoi tu me détestes tellement, Adam ? demanda-t-elle. Tu étais plus aimable, autrefois, ajouta-t-elle.

— Autrefois, c'était autrefois. Maintenant, je sais que tu as mal élevé ta fille, elle n'est pas obéissante comme les autres femmes, j'ai sans cesse des problèmes avec elle. Je suis obligé de l'enfermer à clé.

— Je t'en prie, laisse-moi entrer, elle a besoin de moi. C'est encore une enfant, elle n'a que quatorze ans, le supplia Nour.

— Je t'ai déjà dit non. Rentre chez toi, tu n'as rien à faire ici, grogna-t-il.

— Je t'en prie, aie pitié, au moins une fois dans ta vie. Comment est-ce possible, comment peux-tu être aussi obstiné ? Nous sommes chrétiens, nous devrions agir par amour, non par haine, se lamenta-t-elle.

Adam serra le bras de la mère, il sortit avec elle sur la route où il la laissa. Il retourna dans la cour et il se mit à ricaner, narquois, entouré de sa famille.

La mère rentra chez elle, la tête baissée. Sans dire un mot, elle s'occupa de ses tâches ménagères et elle tendait l'oreille au cas où une voisine viendrait lui donner des nouvelles de sa fille. En fin de journée vint celle qu'elle considérait auparavant comme la plus proche.

— Nour, Salma a accouché. Il paraît que c'était une naissance horrible, elle hurlait qu'elle était en train de mourir, elle s'est évanouie plusieurs fois, il a fallu la ranimer, elle se tapait la tête contre le mur et se comportait comme une folle. Et Adam est furieux, parce que c'est une fille. Pour toi, c'est peut-être mieux, parce que s'il avait eu un garçon, il n'aurait jamais voulu te le montrer. Comme c'est juste une fille, tu peux espérer la voir un jour.

C'est ce qui se passa. Quelques jours plus tard, Salma apporta chez sa mère une petite chose emmaillotée et elle lui montra sa fille. Par la suite, elle revint avec le bébé, mais juste pour quelques instants, Adam n'aimait pas qu'elle s'éloigne de la maison. Les mois se suivaient et sur le visage de Salma n'apparaissait aucun sourire. Elle faisait tout ce qui était nécessaire, mais sans joie, mécaniquement, comme un animal dressé. La petite Leila se développait bien, sauf qu'elle était un être menu et triste. Dans tout ce malheur, on voyait que Salma était attachée à son enfant, qu'elle l'aimait, peut-être malgré elle, mais ce sentiment maternel grandissait de jour en jour et devenait de plus en plus fort.

Vint le jour où tout bascula. La petite Leila venait d'avoir un an. Salma l'apporta à sa mère, elle avait le visage gonflé de larmes et de douleur, des bleus sur les bras et sur le cou les traces des doigts qui l'avaient serré. La mère cria d'épouvante. Salma fit asseoir Leila sur les genoux de la mère et lui demanda qu'elle s'en occupe, parce que l'enfant avait faim. La mère entra dans la maison avec la petite pour lui donner à manger et préparer aussi une assiette de nourriture pour Salma. Quand elle ressortit, Salma n'était plus là. Nour s'assit avec la petite sur le banc et elle attendit. Elle ne voulait pas appeler sa fille, pour ne pas éveiller la curiosité des voisins et aussi parce qu'elle savait bien ce qui s'était passé.

À la tombée du jour arriva la sœur d'Adam et elle lui arracha l'enfant. « C'est toi la responsable, Nour, c'est toi qui poussais Salma à se révolter contre mon frère. Et maintenant tu lui as conseillé de s'enfuir. Quelqu'un l'a vue marcher en direction de la ville. Elle n'ira pas loin. Adam et ses frères sont déjà à sa poursuite. Quand ils vont la rattraper, elle ne va pas s'en remettre, je te le garantis, tu ne reconnaîtras pas ta fille. Et l'enfant, tu ne la verras plus jamais. » Et elle s'en alla. Comme une mauvaise nouvelle. Comme un nuage sombre, sans aucun espoir. Nour courut à l'intérieur, elle tomba à genoux et implora pour que personne n'attrape jamais Salma, pour que personne ne la fasse plus souffrir, pour qu'elle devienne invisible au mal.

La route devenait de plus en plus fréquentée à mesure que Salma approchait de la ville qu'elle ne connaissait pas, elle n'y était jamais allée. Au début, elle voulait s'enfuir le plus loin possible, au bout du monde, là où personne ne la connaissait, où elle pourrait être une nouvelle personne, mais elle était si épuisée, meurtrie et affamée qu'à un moment donné, quel serait cet endroit lui était devenu égal. Elle avait besoin d'un peu de sommeil et de nourriture. La nuit, elle se cachait derrière les maisons, le jour, elle demandait quelque chose à manger aux gens qu'elle croisait. Une fois, elle arriva sur un marché et elle trouva un peu de fruits jetés derrière les étalages. Quand il n'y avait pas d'étalages et que la faim prenait le dessus sur sa fierté, elle mendiait. Elle était si belle que les gens étonnés lui demandaient pourquoi elle était seule et où elle allait. Elle répondait toujours la même chose, qu'elle se rendait à Saïda chez sa tante mourante. Les gens hochaient la tête et la bénissaient, en partageant leur nourriture avec elle. Après de nombreux jours de marche, éreintée, sale et tombant de sommeil, elle s'accroupit contre la clôture d'une maison au bord de la route et elle s'endormit, sans se rendre compte qu'elle était près du but, qu'elle se trouvait à la périphérie de Saïda. Elle fut réveillée par un chien venu se frotter contre ses jambes. Quand elle ouvrit les yeux, elle vit devant elle un homme qui l'observait attentivement. Il avait un visage empreint de bonté et il la regardait avec inquiétude.

— Qu'est-ce que tu fais là, mon enfant, toute seule au bord de la route ? C'est dangereux, dit-il avec un accent que Salma n'avait jamais entendu auparavant.

— Je vais voir ma tante qui est en train de mourir, mais je me suis perdue en chemin.

— Comment s'appelle ta tante ? Peut-être pourrons-nous la retrouver.

— Nadia.

— Nadia comment ? Quel est son nom de famille ?

— Je ne sais pas. Elle se mit à pleurer.

— Ne pleure pas, mon enfant, viens avec moi, ma femme va s'occuper de toi. Quel âge as-tu, au juste ?

— Seize ans, mentit-elle.

— Tu parais en avoir treize.

— Mais j'en ai seize…

L'homme prit Salma sous le bras et ils avancèrent dans une ruelle étroite. Il était tard et les rues se vidaient lentement, les gens rentraient chez eux pour le repas du soir. Devant quelques maisons étaient encore assis des enfants et des vieillards, à l'intérieur les lumières étaient allumées. L'homme siffla son chien qui avait disparu, mais qui revint un instant plus tard. Ils arrivèrent devant une maison, pas très grande mais bien entretenue, d'un style typique de la banlieue de Saïda. L'homme entra le premier, en tirant Salma par la main. Au début, la femme qui se tenait debout au milieu de la pièce, entourée d'une petite troupe d'enfants, ne se rendit pas compte de sa présence.

— Oh, Jusef, tu es déjà rentré ? Comment s'est passée ta journée au travail ? J'allais… elle se tut à la vue de Salma.

— Je l'ai trouvée dans la rue, recroquevillée sous le mur d'une maison, plus loin dans la banlieue, je ne voulais pas qu'il lui arrive quelque chose, c'est encore une enfant.

— Je ne suis pas une enfant, j'ai seize ans, protesta Salma.

— Tu es une enfant, tu as exactement le même âge que notre fille aînée. Qu'est-ce qui t'amène ici et pourquoi étais-tu assise dans la rue ? demanda la femme.

Salma avait vu tout de suite que la femme avait les yeux pleins de bonté et un joli visage, bien que fatigué et comme vieilli trop tôt. Les enfants regardaient Salma avec curiosité.

— Je suis venue à Saïda pour trouver ma tante mourante, continuait à mentir Salma.

— Tu es en train de nous embobiner, dit l'homme, dubitatif, en secouant la tête.

— Oui, je sens que tu ne dis pas la vérité, renchérit la femme. Si tu ne veux pas parler, ne parle pas. Peut-être que tu as peur et c'est pour ça. Oui, le mieux c'est que tu ne dises rien avant de nous faire confiance. Tout ce que nous savons de toi, c'est que tu es chrétienne, ta petite croix se voit sous ta robe. Nous, nous sommes musulmans, palestiniens. Si tu veux, tu peux rester chez nous aussi longtemps que ce sera nécessaire. Tu vas m'aider à la maison. Tes deux bras ne seront pas de trop avec tous ces enfants.

— Combien sont-ils ? demanda Salma qui n'arrivait pas à les compter exactement.

— Huit, tu seras la neuvième, si tu restes avec nous, s'immisça Jusef.

— Non, je ne suis plus une enfant, je suis adulte, je suis une femme, je suis… elle se mordit la langue.

— Qui t'a maltraitée, mon enfant ? demanda Hana, inquiète, en regardant les traces sur le cou de Salma.

— Personne, je suis tombée, mentit Salma.

— D'accord, on en parlera une autre fois. Tu dois avoir faim, assieds-toi et mange. Hana aida Salma à se mettre à table et elle posa devant elle un bol de mjadra.

Salma, fatiguée, mangeait pendant que ses yeux se fermaient tout seuls. Hana la prit par la main et l'emmena dans la pièce voisine où les plus jeunes enfants dormaient déjà, elle poussa l'un des petits et aida Salma à s'allonger.

Les jours passaient, dictés par les obligations du quotidien, la cuisine, les enfants, la maison. Au début, Salma vécut dans un état de peur permanente, elle redoutait qu'Adam vienne la chercher et la tue, parce que c'était ce dont il l'avait menacée chaque jour de leur vie commune. Lorsque rien de tel ne se produisit, dans son cœur naquit la paix et la confiance, de plus en plus profondes, la confiance envers la vie et les hommes. Dans la maison où elle avait été accueillie régnaient la paix et l'amour. Ils étaient des immigrés et leur vie n'était certainement pas facile, mais ils savaient profiter de chaque instant et prodiguer leur tendresse. Petit à petit, Salma devint un membre de la famille et il lui semblait que ça allait durer pour toujours. Pourtant, elle restait abattue, blessée par ce qu'elle avait vécu durant son mariage. Elle essayait de chasser ses remords et d'oublier le passé, mais ses rêves lui rappelaient ceux qu'elle avait laissés, presque toutes les nuits. Elle se réveillait, le visage inondé de larmes, les bras croisés, comme si elle serrait quelqu'un contre son cœur. Parfois, quand l'un des enfants se mettait à pleurer la nuit, elle croyait que c'était sa petite Leila et elle bondissait pour la prendre dans les bras. Quelquefois, un murmure la sortait de son sommeil : « Salma… Salma… Salma... » La voix de sa mère l'appelait dans l'obscurité.

Hana et Jusef voyaient bien qu'elle était complètement perdue, malgré son calme apparent. À maintes reprises, ils essayèrent de la faire parler, pour apprendre quelque chose sur elle et sa famille, mais Salma continuait à mentir. Pour ne pas éveiller les soupçons, elle sortait souvent de la maison « chercher sa tante en train de mourir ». Elle n'avait aucune réponse logique à leurs questions.

Ces relations bienveillantes auraient pu se poursuivre, s'il n'y avait eu la perspicacité de Hana qui soupçonnait son mari de s'intéresser à Salma. La jeune fille était à nouveau magnifique, elle s'épanouissait de jour en jour, ses cheveux miroitaient au soleil, ses yeux dorés retrouvèrent leur éclat et son visage resplendissait. Elle se mouvait avec grâce et elle levait fièrement la tête, consciente de son charme. Un jour, Hana les surprit : ils se tenaient face à face, trop près, et se regardaient dans les yeux en parlant à voix basse. À son arrivée, ils s'éloignèrent brusquement dans des directions opposées. Ce fut l'instant où ils se rendirent compte tous les trois qu'il allait se passer quelque chose que personne n'avait prévu. Les jours qui suivirent furent si pénibles qu'ils évitaient de se croiser, mais le silence était aussi pesant, insupportable.

— Jusef, que faisons-nous ? Hana décida d'entamer une discussion.

— Salma doit partir d'ici, répondit-il d'une voix pesante.

— Où veux-tu qu'elle aille ? Tu vois bien qu'elle est seule, elle dépend de nous, répondit Hana.

— Hana, tu es une femme admirable, même maintenant, alors que tu devrais la haïr, tu te soucies d'elle, pas de toi, dit-il, ému.

— Jusef, nous avons huit enfants, je suis une mère et j'essaie de voir en Salma une petite fille perdue. Mais cette petite fille m'a pris mon mari, parce qu'elle a pris ton cœur, et elle se mit à pleurer.

— Ne pleure pas, Hana. Je ne vais pas t'abandonner, voyons, dit-il sans conviction.

— Pauvre homme, je ne pleure pas sur mon sort. Je pleure sur nous tous, sur nous deux, sur les enfants, sur toi et sur Salma qui ne sait pas ce qu'elle a fait ! cria-t-elle.

— Hana, tu es forte, tu es plus forte que moi, dit-il.

— Est-ce que tu as fini par apprendre quelque chose à son sujet ? À moi, elle n'a jamais voulu rien dire, demanda plus tard Hana.

— Au début, elle n'a pas voulu me parler non plus, mais un jour, je l'ai surprise en train de pleurer, derrière la maison. Je me suis assis à côté d'elle et elle s'est confiée. Ses parents l'ont mariée de force à un homme qui avait l'âge de sa mère, qui la maltraitait et un jour, elle s'est enfuie. Le jour où il a voulu la tuer… Il s'arrêta de parler.

— C'était ça, les traces sur son cou, gémit-elle.

— Oui, Hana. Elle a abandonné sa petite fille, son bébé, ajouta-t-il d'une voix qui se brisait.

— C'est horrible… C'est horrible, ce qui lui est arrivé… Dommage qu'ici elle t'a rencontré, Jusef, toi qui as probablement aussi l'âge de sa mère, mais tu as été bon pour elle et c'est ce qui a ouvert son cœur. Dommage. Tellement dommage…

— Hana, je suis là, je ne vais nulle part…

— Mais si, tu t'en iras, Jusef, tu t'en iras, moi, je le sais, soupira-t-elle, et elle retourna à ses obligations.

À présent, Hana regardait Salma d'une façon différente, dans une confusion de sentiments. Elle ressentait de la jalousie, mais sa sagesse et sa bonté prenaient le dessus. Elle voyait une petite fille blessée et outragée et elle faisait de son mieux pour la traiter avec douceur. Jusqu'à la fin. Cette fin arriva très vite, d'une façon qui les prit tous au dépourvu. Un jour, à l'aube, un proche voisin frappa à leur porte.

— Jusef, il y a un homme qui rôde dans les environs depuis plusieurs jours à la recherche de sa femme qui se serait enfuie. Je crois qu'il s'agit de Salma, d'après sa description. Nous, on ne lui a pas dit qu'elle était chez vous, mais quelqu'un l'a fait, des voisins plus éloignés peut-être, parce qu'il est venu de nouveau frapper à notre porte. Je l'ai vu par la fenêtre, il doit penser que c'est nous qui la cachons, je ne sais pas pourquoi, peut-être parce que nos maisons se ressemblent. Dis à Salma de se sauver. Cet homme est terrifiant.

Et il partit dans la nuit.

Personne ne prononça un mot. Salma, pâle et horrifiée, se tenait dans un coin. Hana s'approcha d'elle, elle lui entoura les épaules de son châle et dit : « Sauve-toi, mon enfant. »

Jusef ouvrit la porte et sortit avec elle. Ils marchèrent dans les ruelles encore sombres, vers les banlieues plus lointaines. Quand ils se trouvèrent loin et quand aucun bruit ne parvenait de nulle part, ils tombèrent dans les bras l'un de l'autre, sans savoir ce qui était en train de leur arriver. Ils sentaient tous les deux qu'il se passait quelque chose de terrible, qu'ils commettaient un crime inexcusable qu'ils n'allaient jamais pouvoir expier. Ils attireraient la vengeance divine, celle de l'autre univers et des forces inconnues des mortels, mais ils ne pouvaient résister à leurs sentiments. Les jours suivants, ils avaient surtout marché droit devant, dans la direction de Zahlé, où ils avaient prévu de se cacher. Là-bas, Jusef avait des amis qui allaient l'aider. Et c'est ainsi que les choses se passèrent. Jusef obtint rapidement un emploi dans le camp des réfugiés de Palestine et Salma devint son épouse. Elle comprit alors ce qu'était vraiment l'amour et le prix qu'il fallait parfois payer pour l'obtenir. Elle ne put jamais se débarrasser des remords, y compris ceux envers Hana et ses enfants. Le souci principal de Jusef était maintenant d'aider financièrement son ancienne famille qu'il avait abandonnée, il avait du mal à concilier son bonheur avec Salma et sa nostalgie de Hana et des enfants. Il voulait les revoir. Maintenant, il comprenait les larmes de Hana qui ne les avait pas versées sur son propre sort, mais sur le destin d'eux tous – parce qu'elle, elle avait su.

La venue au monde de la deuxième fille de Salma interrompit ces questionnements pour un certain temps. Marvia, un enfant de l'amour, cette fois-ci. Un enfant que Salma allait chérir toute sa vie. Quelques mois plus tard, ils partirent vers Bramieyeh… Malgré ses craintes et sa peur, Salma voulait à tout prix revoir sa mère et sa première fille. Elle ne la rencontrait que dans ses songes, elle ne supportait plus cette séparation. Elle rêvait de la prendre dans ses bras et de la serrer sur son cœur.

— Marvia, ma petite chérie, arrête de pleurer, je vais te donner à manger. Attends juste qu'on puisse s'asseoir quelque part, sous un arbre.

Salma s'installa confortablement et donna le sein à sa fille. Jusef s'assit à côté, son coude posé sur leur sac de voyage. Sur son visage basané, tanné par le soleil, se lisaient le souci et l'inquiétude. Ils se relevèrent, repartirent. À mesure qu'ils approchaient de Bramieyeh, le cœur de Salma battait de plus en plus vite. Enfin, ils atteignirent la maison familiale. Lorsqu'ils entrouvrirent la porte, ils entendirent la voix du père :

— Qui est là ? Qui vient ?

— C'est moi, papa. C'est Salma.

Silence. Ils entrèrent dans une pièce plongée dans la pénombre et ils s'arrêtèrent au milieu, visibles dans la lumière qui les inondait par la porte ouverte. Le père, assis sur une chaise, n'arrivait pas à prononcer un mot.

— Papa, voici Jusef, mon nouveau mari. Et voilà Marvia, mon enfant.

Le silence se prolongeait.

— Où est la mère ? demanda Salma.

À cet instant, elle aperçut une forme recroquevillée au fond de la pièce, sur une couche qui ressemblait vaguement à un lit. Elle ne reconnut sa mère que grâce à ses yeux. Le visage vieilli était complètement différent de celui de ses souvenirs. Mais ce n'est pas cela qui l'horrifia. Cette femme n'avait plus de cheveux. Son crâne était entièrement nu. Salma s'approcha d'elle.

Pendant un long moment, elle ne put faire un geste ni dire un mot.

— Maman, c'est toi ? bredouilla-t-elle enfin.

— Oui, Salma, je crois que oui, répondit la femme.

— Maman, qu'est-ce qui est arrivé à tes cheveux ? Ils étaient si beaux… elle se mit à pleurer.

— Salma, ma fille bien-aimée, est partie et elle n'est jamais revenue, pleura la mère.

— Je suis revenue, maman, je suis revenue. Je veux te montrer mon enfant et te présenter mon mari. Salma parlait à travers les larmes en serrant sa mère dans ses bras et en sentant sa fragilité.

— Qui est cet homme ? s'immisça le père.

— Jusef est mon mari, répondit-elle.

— Non, Salma, Adam est ton mari. Et ton enfant légitime, c'est Leila ! cria-t-il. Sortez de ma maison, ajouta-t-il. On voit bien qu'il n'est même pas libanais ! Il continuait à crier.

— Non, père, il n'est pas libanais, il est palestinien. Mais il est mon mari et le père de mon enfant. Et maintenant, je veux voir Leila et l'emmener avec moi.

Salma haussa le ton.

— Leila est chez ta tante Yasmine. Allez-vous-en, vous n'avez rien à faire ici. Ta mère ne se sent pas bien. Tu vois bien ce qu'elle est devenue. Quand tu t'es enfuie, elle s'est arraché tous les cheveux et quand ils repoussaient, elle les arrachait de nouveau. Voilà quelle était sa détresse. Et elle a perdu la raison.

— Est-ce que dans votre famille, il n'y a jamais eu de meilleurs sentiments ? Ne savez-vous que rejeter tout le monde ? finit par intervenir Jusef qui, jusqu'à présent, avait gardé le silence mais qui ne pouvait supporter plus longtemps la façon dont Salma était reçue.

— Ne t'en mêle pas, Palestinien, et va-t'en d'ici, ça vaudra mieux, grommela le père.

Salma embrassa sa mère encore une fois, elle lui chuchota quelques mots à l'oreille, retira Marvia de ses bras et ils partirent en direction de la maison de tante Yasmine.

Lorsqu'ils entrèrent dans la cour, ils virent un groupe d'enfants qui courraient autour des arbres. Salma reconnut ses frères et sœurs et la petite fille qui jouait avec eux, sa fille Leila. Elle se figea pendant un long moment, elle essayait de retenir les larmes qui affluaient.

— Leila, Leila ! appela-t-elle.

La petite fille s'arrêta de courir, tourna la tête, mais ne fit pas un pas dans sa direction, alors que Salma n'attendait que ce moment, elle en avait rêvé depuis de longs mois.

— Salma ? Elle entendit la voix de la tante Yasmine. Tu es enfin revenue, personne ne savait ce qui t'était arrivé, nous nous faisions du souci ! Elle souriait, interloquée.

— Tante Yasmine, je ne sais pas si quelqu'un s'est fait du souci pour moi, j'étais toute seule. Voici mon nouveau mari, Jusef. Et mon enfant, Marvia, dit-elle d'une petite voix, comme si elle se parlait à elle-même.

— Comment ça, un nouveau mari ? Un nouvel enfant ? La tante était choquée.

— Calme-toi, Yasmine, intervint son mari, Dawud. Allons parler autour d'un repas, soyons accueillants, tu vois bien qu'ils sont fatigués de leur voyage. Nous sommes chrétiens, ne l'oublie pas.

Et il les invita à entrer et mit sur la table ce qu'il y avait à portée de main.

Salma confia Marvia à sa tante et sortit voir Leila. La petite fille ne la reconnaissait pas, elle se réfugiait auprès des autres enfants. Elle se débattait et elle la repoussait à grands cris. Au bout d'un certain temps, Salma, résignée, s'assit sur le banc devant la maison, elle regardait tristement les enfants jouer. Ses petites sœurs finirent par vaincre leur timidité et s'approchèrent d'elle. Elle leur tendit les bras. Elles restèrent ainsi, embrassées, silencieuses.

Jusef était à l'intérieur.

— Qui es-tu ? lui demanda Dawud.

— Je suis palestinien et je suis le mari de Salma. Elle m'a raconté tout ce qu'elle avait subi ici et malgré cela, elle a voulu revenir, parce qu'elle désirait revoir Leila, sa mère, sa fratrie, dit Jusef d'une voix posée.

— Et vous n'avez pas été bien reçus ?

— Nous n'avons pas été reçus du tout, rétorqua Jusef.

— Ne vous attendez pas à ce que ça s'arrange. C'est comme ça. Salma a brisé toutes les normes et traditions. Elle ne sera jamais acceptée, et toi encore moins. Vous avez de la chance qu'aujourd'hui, son mari ne soit pas là.

— Il ne lui fera plus aucun mal, s'emporta Jusef, je ne le permettrai pas. Il ne la touchera plus jamais !

— Je suis désolé, mais je crois qu'on ne se comprend pas. Et ce n'est pas seulement une question de religion ni de normes de notre pays. Je ne sais pas comment c'est chez toi, je ne connais pas vos coutumes. Mais ici, c'est l'homme qui gouverne et qui décide et Salma n'a pas su se plier à ces règles. Peut-être que dans les grandes villes ce n'est pas pareil, que là-bas règne la débauche et que la femme se conduit comme l'homme, mais dans les petits villages, la tradition est sans pitié. Dawud dit tout cela en haussant le ton. Salma pourra rendre visite à sa fille, de temps en temps, mais toi, il vaut mieux que tu ne te montres pas trop souvent. Moi, je ne te ferai rien, mais ta présence peut gêner d'autres personnes. Si tu vois ce que je veux dire.

— Oui, je vois. Je vois même très bien, mais Salma ne va pas venir ici toute seule, répondit Jusef en essayant de garder son calme.

Ils sortirent. Ils voulurent emmener Leila avec eux, mais elle criait et s'accrochait de toutes ses forces à tante Yasmine. Salma la laissa à la famille et partit le cœur brisé, en serrant Marvia contre sa poitrine. « Elle m'a oubliée, elle a oublié », pleurait-elle.

Jamais, durant les mois et les années qui suivirent, Leila ne sut s'attacher à sa mère. Son regard enfantin était triste, avec une lueur de méfiance et elle restait distante, malgré leurs rencontres. Une réserve qui ne faisait que s'accentuer, puisque la famille n'acceptait pas la nouvelle union de Salma.

Les souvenirs de Salma étaient tristes, mais paisibles. Soudain en surgit un autre, violent, cruel, qui ébranla tout son corps éreinté.

Le 4 décembre 1982

Le début du mois de décembre fut d'un froid pénétrant. De la pluie et de la neige fondante tombaient depuis plusieurs jours et le vent qui les accompagnait s'infiltrait dans chaque recoin mal isolé de la maison.

Cela faisait déjà sept années que durait la guerre, on manquait de tout, de nourriture, de chauffage et de vêtements épais. Le stock de provisions était épuisé depuis longtemps.

Salma se leva tôt, elle se demandait ce qu'elle allait pouvoir préparer pour le petit-déjeuner de sa famille. Grâce au travail de Jusef, leur situation était relativement meilleure que celle de la plupart des voisins, mais pas au point de pouvoir la considérer comme normale. Ils s'entraidaient, pour que personne ne souffre trop de la faim. Elle se mit devant la fenêtre, elle regarda les flocons de neige, épais, blancs, d'une pureté immaculée, elle les voyait voler dans l'air et tomber sur le sol pour fondre instantanément. Elle resta hypnotisée par ce spectacle, mais elle ne s'y attarda pas, gelée par l'air glacé qui pénétrait par la fenêtre non isolée. Elle décida d'aller dans la salle de bain, aussi froide et inhospitalière. Elle enleva sa chemise de nuit et s'immergea dans l'eau. Elle se savonna, puis enleva lentement la mousse de sa peau. Soudain, elle entendit une voiture arriver et des voix qui appelaient : « Jamal... Jamal... » Elle entendit aussi le bruit de la porte d'entrée qui s'ouvrait, puis se refermait. Et des tirs. Le premier... Un cri : « Maman ! »... Un deuxième tir... un troisième... un quatrième... Elle sauta de la baignoire. Pieds nus, entièrement nue, elle se précipita dehors. Jamal gisait sur le sol, à deux pas de la maison.

La voiture s'éloignait, dans un crissement de pneus. Salma s'assit sur la terre boueuse et prit son fils dans ses bras. C'est ainsi que les voisins la trouvèrent. Ils accouraient, de plus en plus nombreux, ils l'entourèrent d'un demi-cercle et la regardèrent en silence. Personne n'osait faire un pas de plus pour s'approcher d'elle. C'est ainsi qu'ils la virent, toute nue, la pluie et la neige ruisselant sur les épaules, le sang de son fils sur ses mains, ses cuisses maculées de terre boueuse. De ses yeux grands ouverts coulaient des larmes silencieuses, impuissantes, ses cheveux noirs, trempés, lui collaient aux tempes et aux joues. Tous, ils voyaient aussi le visage de Jamal, figé dans l'instant, un seul instant de stupeur. La mort ne lui avait pas enlevé la beauté et la confiance qui s'y dessinaient toujours. De son front coulait maintenant un mince filet de sang. Les flocons de neige diluaient lentement cette rougeur. Combien de temps cela dura-t-il ? Personne ne put le dire ensuite. Il y eut un moment où une voisine s'approcha de la pietá immobile, elle enleva son manteau et en entoura les épaules de Salma, s'accroupit et ferma les paupières de Jamal.

L'histoire de Marvia dans ses souvenirs quand elle se rend à l'enterrement de sa mère

Dans l'appartement de Marvia et Louis, le téléphone sonnait. Pendant de longues heures, avec insistance, en renouvelant sans cesse les appels non réceptionnés. Madame Karmelkova l'entendait de son appartement, mais elle ne pouvait rien faire. Ils étaient sortis dîner chez des amis et ils n'étaient toujours pas rentrés, malgré l'heure tardive. Enfin, alors que le soleil allait se lever, l'appareil déclara forfait. Un peu plus tard, Madame Karmelkova entendit la porte d'entrée s'ouvrir. Le couple monta silencieusement l'escalier, ils avaient probablement enlevé leurs chaussures. Enfin, elle sombra dans le sommeil, mais pas pour longtemps : à l'aube, le téléphone sonna de nouveau, jusqu'à ce que quelqu'un décroche le combiné. Marvia, fatiguée mais joyeuse après un dîner passé en bonne compagnie, s'assit un moment dans le fauteuil. Puis elle prit une douche vite fait et elle allait se coucher, ses yeux se fermaient tout seuls, Louis ronflait déjà puissamment. Elle se dirigeait vers la chambre lorsque soudain, le téléphone sonna. « Qu'est-ce qui s'est passé ? Normalement, personne ne téléphone à une heure pareille », pensa-t-elle, et elle décrocha.

À l'autre bout du fil, elle entendit sa sœur en pleurs.

— Marvia, j'ai appelé toute la soirée.

— Que se passe-t-il, Leila ?

— Notre maman est morte, répondit la sœur d'une voix exténuée.

— Comment ça, morte ? Qu'est-ce que tu me racontes, chérie, je l'ai vue il y a quelques jours à peine. Ce n'est pas possible, c'est un mauvais rêve ! cria Marvia.

— Malheureusement, ce n'est pas un rêve, répondit la sœur. Elle nous a quittées. Elle avait l'air si sereine et si heureuse. Si calme, souriante, durant ces derniers jours. Et quand elle est morte, ou plutôt quand elle s'est figée, son visage reflétait une tristesse insondable. C'est un mauvais souvenir qui l'a tuée. Son cœur ne l'a pas supporté.

— Un souvenir ?

— Oui, j'en suis sûre. Et je crois savoir lequel.

— Celui de ton père ? demanda Marvia.

— Non, celui-là était trop lointain et elle t'avait raconté cette période. Le souvenir qui l'a tuée, elle le tenait secret, jamais elle n'a voulu en parler, répondit Leila tristement.

Marvia pleurait en silence. Elle savait, elle voulait juste être sûre.

— Elle a pensé à la mort de Jamal ? demanda-t-elle enfin.

— Oui, Marvia. J'en suis certaine.

— Moi aussi. Je pense la même chose.

— L'infirmière qui était à son chevet m'a dit que son prénom a été le dernier mot qu'elle a prononcé, douloureusement, et puis elle n'a plus bougé et… n'a plus respiré. Elle était partie.

— Ne pleure pas, Leila. Je sais que c'est terrible, que c'est arrivé si brusquement alors que vous veniez de vous retrouver, mais maintenant elle est avec Jamal, penses-y. Marvia la consolait, alors qu'elle-même n'arrivait pas à contrôler les tremblements de son corps.

Trois jours plus tard, Marvia était à nouveau assise dans l'avion. Cette fois-ci, il n'y avait personne pour se soucier de son sort ni pour vouloir bavarder avec elle. Elle était livrée à elle-même, à ses pensées, avec le sentiment qu'une étape importante de sa vie venait de s'achever. Sa mère bien-aimée était partie, la femme qu'elle avait toujours admirée, qui l'avait accompagnée dans les moments les plus difficiles de sa vie, qui bravait des kilomètres pour l'aider, sur laquelle elle pouvait toujours compter. Elles étaient si proches que Marvia ne pouvait pas imaginer l'avenir sans sa présence. Il y a quelques jours à peine, elle espérait que tout allait s'arranger, que son état de santé allait s'améliorer, depuis que Leila et elle s'étaient parlé et avaient ressenti le bonheur de s'être enfin retrouvées.

Marvia n'avait pas voulu se plonger dans les souvenirs, elle était fatiguée et démunie, elle sombra dans une sorte d'engourdissement. Pourtant, malgré sa volonté, elle retournait vers ses souvenirs. Sa vie antérieure, qu'elle avait essayé de fuir, l'assaillait maintenant, alors qu'elle se rendait à l'enterrement de la mère. Et tout lui sembla très réel, comme si cette vie d'avant était plus réelle que celle d'aujourd'hui.

L'année 1981

Les montagnes blanches, couvertes de neige éternelle, devenaient de plus en plus petites, l'azur et l'indigo de la mer disparaissaient. Marvia, collée au hublot, s'imbibait de ce petit bout de terre, les yeux grands ouverts pour ne rien perdre de la vue, pour la garder à jamais dans sa mémoire. Ce minuscule endroit finit par devenir invisible, elle s'assit confortablement et ferma les yeux. Malgré une fatigue intense, elle n'arrivait pas à se calmer assez pour s'endormir, ne serait-ce qu'un instant. Elle ne savait pas si elle partait vers l'inconnu ou si elle suivait un chemin balisé. Ou si elle s'enfuyait. Sous ses paupières baissées défilaient les visages de ses proches qui étaient venus lui dire au revoir à l'aéroport. La mère s'essuyait les yeux avec un mouchoir, répétant qu'elle était si heureuse de voir sa fille bien-aimée partir de cet enfer sur terre. Le frère, silencieux et pensif, l'embrassa puis la suivit d'un adieu de ses yeux toujours rêveurs, comme si le brouhaha environnant ne l'atteignait pas, comme entouré d'un nuage imperméable aux choses ici-bas. Les tantes, en revanche, s'époumonaient, l'une après l'autre : « Ne nous oublie pas. Reviens, quand la guerre sera finie, quand ça ira mieux. » Quand ça ira mieux ? Est-ce qu'un jour ça ira mieux ? Rien n'était jamais bien allé. Dans notre Suisse, aucun bonheur n'avait jamais duré.

Marvia essaya de se reposer, mais l'inquiétude persistait, des images défilaient sous ses paupières baissées et elle n'arrivait pas à les arrêter. Les images des maisons qui s'écroulaient, des gens en train de mourir, des enfants perdus en pleurs, des chiens en train de hurler parce qu'ils n'avaient plus de maison, tout comme les humains, et ils se tapissaient, affamés, à moitié sauvages, parmi les ruines, comme des spectres d'eux-mêmes. Le bruit de l'avion semblait bénin par rapport à ce que Marvia avait entendu sans cesse pendant des années, jour et nuit, les pétarades des kalachnikovs et le mugissement des avions qui survolaient la ville, le fracas des bâtiments qui s'effondraient, les pleurs et les lamentations des hommes, les hurlements des chiens. Est-ce que tous ces bruits violents, intrusifs allaient rester pour toujours dans sa tête ? Ses tempes continuaient à pulser de douleur. Elle cacha son visage entre ses mains et essaya de retrouver son calme. Elle sentit une main sur son épaule et entendit la voix aimable de l'hôtesse :

— Mademoiselle, est-ce que je peux vous aider ?

Marvia posa ses mains sur ses genoux et ouvrit les yeux.

— J'ai juste mal à la tête. Je pourrais avoir un verre d'eau ?

— Oui, je vous l'apporte tout de suite. Et une couverture, je vois que vous avez très froid.

Un moment plus tard, l'hôtesse l'entoura d'un plaid. Le voyage se poursuivait. Marvia ne prêtait pas attention aux autres passagers, bien qu'elle sût que la plupart souffraient des mêmes troubles psychologiques qu'elle. Certaines femmes pleuraient, en serrant dans leurs bras de petits enfants. Marvia se demanda brièvement si c'étaient les nerfs qui lâchaient ou si elles regrettaient déjà leur pays et leurs proches.

Ses pensées se dirigèrent vers l'espoir, vers ce garçon qu'elle aimait tant et qui l'attendait. Après plusieurs mois de séparation, ils allaient tomber dans les bras l'un de l'autre et elle allait redevenir heureuse, parce qu'elle était jeune et que la jeunesse avait droit au bonheur. Elle avait eu la chance d'échapper à la mort. D'autres ne l'avaient pas eue. Amal, Samia, Randa, Maya, Lynn, Kay ne voyaient plus le soleil, elles ne connaîtraient jamais l'amour, elles ne seraient jamais mères. Plus jamais. Leur vie n'avait duré qu'un instant, parce que les grands de ce monde en avaient décidé autrement; pour eux, la vie des jeunes n'avait pas grande importance, celle d'une Amal ou d'une Samia n'avait même pas existé. L'important, c'était de vendre beaucoup d'armes.

Marvia ne dormit pas une seule minute, plongée dans le chagrin et dans la colère.

L'avion s'apprêtait à atterrir à l'aéroport d'Abidjan. Marvia, de nouveau collée au hublot, regardait avidement une terre ensoleillée, verte et sauvage, totalement différente de celle dont elle avait l'habitude. Elle voyait de la verdure partout et, à l'horizon, le bleu saphir de la mer se mélanger à celui plus clair du ciel. Elle voyait des plages, la blancheur infinie du sable. Elle ferma les yeux. « Est-ce un rêve ? » Elle les rouvrit, le paysage était toujours le même, seulement plus proche. Lorsque l'avion eut atterri, son cœur battait très fort. Dans la foule des gens qui attendaient les arrivants, elle repéra tout de suite Amir, elle le reconnut à son regard, impatient, profond, possessif. Son allure était différente, il ne portait plus sa tenue traditionnelle qu'elle avait toujours connue, seule sa moustache était comme par le passé. Elle se jeta dans ses bras, tremblante, n'arrivait pas croire que c'était la réalité. Quand elle se calma un peu, elle vit beaucoup de retrouvailles semblables.

Tous ses compagnons de voyage, des Libanais fuyant le cauchemar de la guerre, étaient accueillis par leurs proches qui les attendaient, après des mois, des années d'angoisse. À présent, elle marchait avec Amir comme dans un rêve, comme dans un conte de fées, en le tenant par la main et lui, il lui montrait le chemin avec assurance, avançait bien droit, n'avait peur de rien, il savait où aller, sans crainte, sans hésitation. Elle admirait son aplomb et sa légèreté, elle qui les avait perdus. Dans le parking, ils montèrent dans une luxueuse Chevrolet, rouge, rutilante, brillante de ses pare-chocs nickelés, aux sièges en cuir couleur sable, au volant acajou. Elle touchait du doigt différents instruments du bord et lui, il riait comme on rit de la curiosité d'un enfant. Ils roulèrent le long de la plage, du port, du quartier de grand standing. Elle tournait la tête dans tous les sens, admirait les paysages, poussait des cris d'émerveillement. Des palmiers poussaient partout, l'air sentait l'océan et les fruits. La voiture s'arrêta devant une résidence moderne avec une piscine et Amir la conduisit dans un appartement luxueux. Pour le moment, elle était incapable de comprendre ce qui lui arrivait et surtout de s'adapter au silence. Elle se dit que le paradis devait ressembler à ça, oui, le paradis doit être silencieux, il n'y a pas d'explosions, ni de tirs, de cris ni de pleurs. Le silence qu'elle avait oublié depuis longtemps. Elle voulut se pincer pour vérifier si elle ne rêvait pas, mais elle changea d'idée : elle préférait rêver. Et pendant qu'elle poursuivait son rêve, debout au milieu d'un vaste salon, surgit soudain un homme noir aux dimensions si extraordinaires qu'elle cria d'effroi. Il était tellement grand qu'il devait baisser la tête pour passer par l'embrasure de la porte. Quand elle cria, il se mit à trembler et on aurait dit qu'il se recroquevillait.

— Marvia, calme-toi, c'est Antoine, notre boy. Il s'occupe de la maison, il fait les courses, le ménage, il cuisine et il repasse. Et il est chrétien.

Marvia se détendit et elle lui tendit amicalement la main. Il s'inclina sans oser la toucher.

Les jours suivants, il semblait encore à Marvia qu'elle rêvait, que tout ceci n'était pas réel. Elle dormait énormément. Elle se reposait, mangeait, elle mangeait sans arrêt des fruits ; avant de croquer dedans, elle les regardait, les humait et les mettait dans sa bouche avec un air de béatitude sur le visage. Antoine, qui lui préparait des plats sublimes et des salades de fruits, souriait timidement.

Les jours où il n'allait pas travailler, Amir la promenait dans sa voiture magnifique. Ils allaient sur la plage de Grand-Bassam et dans les parcs, il l'emmenait au restaurant, au bar et danser dans les clubs. Ils s'amusaient comme autrefois, comme avant la guerre. Ils étaient jeunes et voulaient vivre à la manière de tous les jeunes du monde entier, là où la guerre n'existe pas. Ce fut un temps de libération. Le temps de la récompense, parce qu'elle avait réussi à survivre, elle avait eu de la chance, elle avait peut-être échappé au destin. Seulement, la nuit, elle se réveillait en sursaut, épouvantée, en sueur, elle criait et grelottait en pleurant. Amir la prenait dans ses bras et il essayait de la calmer. Elle ne voulait plus rester au lit, se levait et déambulait dans l'appartement, buvait de l'eau, mangeait des fruits, puis sortait sur la terrasse et sautait dans la piscine. Elle nageait le temps qu'il fallait pour que son corps s'apaise, fatigué par le rythme régulier des mouvements. Alors elle sortait de l'eau, s'enveloppait d'un drap de bain, s'asseyait dans un fauteuil et attendait le lever du soleil. Il apparaissait d'un coup, d'un rouge inattendu, flamboyant et le jour était là.

Après un certain temps, après des jours, des semaines et des mois, elle réapprit à rire, à respirer calmement, à se réjouir de marcher le long de la mer, sur le sable blanc. Elle aimait aussi s'asseoir sous les tonnelles de bois et de feuilles de palmier installées partout au bord de la mer. Là, elle rêvait en regardant passer les bateaux, ceux qui partaient et ceux qui rentraient au port. De temps en temps, elle se rendait dans un magasin de disques écouter de la musique et bavarder avec Fadi, qui était palestinien et qui avait le même accent et la même couleur d'yeux que son père. C'est peut-être pour ça qu'elle aimait sa compagnie.

Le soir, quand Amir lui demandait comment s'était passée sa journée, elle lui racontait qu'elle avait été sur la plage et qu'elle avait rêvé, elle n'arrivait pas à dire à quoi précisément, elle ne le savait pas elle-même. Elle disait qu'elle réapprenait à aimer la vie et à croire que la vie est belle.

Elle apprenait à vivre. Elle disposait d'une énergie naturelle, toujours renouvelée, après chaque chute et chaque chagrin elle savait retrouver l'espoir et la foi. Et elle croyait avoir réussi, cette fois-ci elle avait gagné son combat contre le destin. C'est alors qu'elle reçut un coup de fil de son père qui lui demandait de venir immédiatement, parce que tout le monde se languissait d'elle et qu'ils voulaient fêter son anniversaire, même s'il avait eu lieu quelques mois avant. Elle ne sut pas vraiment ce qui l'avait étonnée dans cette invitation, mais elle n'arrivait pas à se réjouir ni du motif ni de la rencontre avec sa famille. La voix de son père avait été étrange, un peu rauque, sèche, comme s'il parlait à une inconnue. Elle prépara son départ, fit sa valise. Amir, accaparé par son travail, eut juste le temps de la déposer à l'aéroport. Dans l'avion, durant tout le trajet, elle lut des revues féminines et elle dormit, pour ne pas trop réfléchir. Son père et son oncle l'attendaient à l'arrivée, différents. Il n'y avait ni la mère ni le frère. Pourquoi l'avaient-ils fait venir, alors qu'ils ne montraient pas le moindre signe de joie ? Pourtant, ils ne l'avaient pas vue depuis longtemps…

Marvia était assise dans la voiture qui l'emmenait de l'aéroport à la maison. Dans un questionnement muet, elle regardait les visages de son père et de son oncle, figés dans la tristesse. Elle ne posait aucune question, elle les regardait. Pourquoi la famille avait-elle décidé de fêter son anniversaire six mois après la date et pourquoi lui avait-elle imposé de revenir au Liban à cette occasion ? L'oncle fixa son regard sur elle et prononça une phrase, lourde comme du plomb : « Ton frère est mort. Jamal a été tué. D'un coup de fusil. Probablement par des gens qu'il connaissait bien. » Marvia se raidit, puis elle saisit le bras de son père. Jusef dévia sur un petit chemin et arrêta le moteur. Il tourna la tête vers sa fille. Il y avait des larmes dans ses yeux, mais il parla d'une voix calme, maîtrisée : « Nous n'avons pas voulu t'en parler par téléphone. Pendant six mois, ta mère n'a pas prononcé un seul mot. Pendant six mois, elle est restée alitée. Elle s'est levée il y a à peine quinze jours et elle a recommencé à parler. Le premier mot qu'elle a prononcé, c'était ton prénom, Marvia. Elle a besoin de toi, c'est pour ça que nous t'avons fait venir. »

Marvia ne voyait plus le visage du père. C'était le silence. Il faisait sombre. Il faisait nuit.

Quand elle retrouva ses esprits, elle ne savait pas encore pas si tout cela était réel.

Ils passèrent le reste du voyage en silence. Marvia regardait par la fenêtre. Des ruines, partout des ruines. Des ruines et des décombres. Elle ne reconnaissait aucun endroit, elle avait l'impression d'arriver dans un pays inconnu, semblable à un cauchemar dont elle n'arrivait pas à se réveiller. Lorsque la voiture s'arrêta, elle resta assise, immobile, regardait la porte fermée de la maison. Le père descendit, lui ouvrit la portière, l'aida à sortir et la prit sous le bras pour l'emmener à l'intérieur où régnait la pénombre. Sa robe d'été rouge, des sandales brillantes de la même couleur, les bras et les jambes bronzés, les ongles peints et les cheveux courts, en boucles éparses, tout cela ne correspondait en rien à l'atmosphère triste de l'environnement et de la maison, où pesait le silence. Non pas le silence dont elle avait rêvé avant – un silence lourd, accablant. Marvia se tenait au milieu de la pièce. Étonnée, elle remarquait la pauvreté de l'endroit, encore plus misérable que dans ses souvenirs. La mère était assise au bord du lit, la regardait et l'on voyait bien qu'elle attendait que sa fille approche. Marvia observa d'abord la mère un long moment ; son visage avait changé, toujours beau, mais couvert d'un linceul à peine palpable, comme si ses traits étaient brouillés, et sous ses yeux s'étaient creusés des cernes. Marvia approcha doucement et serra la tête de la mère sur son cœur. Maintenant, la fille était la mère et sa mère devenait sa fille, qu'il fallait consoler, dont il fallait essuyer les larmes qui n'avaient pas coulé depuis longtemps. Des larmes qui s'étaient taries. Comment essuyer des larmes quand il n'y en a pas ? Elle resta longtemps debout, comme ça, elle fredonna une berceuse oubliée que la mère lui chantonnait pour l'endormir.

À maintes reprises, on raconta à Marvia la scène de la mort de Jamal, et à chaque fois elle pleurait d'impuissance. Elle aimait son petit frère comme on aime un être rêveur, un peu naïf, différent de ceux qui s'étaient habitués à la guerre trop vite. Dans ses lettres, il lui parlait de sa petite amie, de son amour romantique. Il ressemblait à tous les idéalistes, aux poètes d'un autre monde.

On avait dit à Marvia que la mère n'avait pas pleuré depuis le jour de la mort de Jamal. Même lorsqu'elle était assise, nue dans la boue, le tenant dans ses bras, personne n'était sûr qu'elle avait pleuré, que ce n'était pas de la neige fondue qui coulait autour de ses yeux ouverts. Pendant six mois, elle n'avait pas prononcé un seul mot, était restée immobile, le plus souvent alitée. Les médecins ne savaient pas très bien comment définir son état de santé. Personne non plus ne réclamait de diagnostic précis. Quelle importance cela avait-il ? Salma avait perdu son fils unique, bien-aimé, trop jeune pour mourir. Son fils que tout le monde aimait, qui était gentil et sensible. Qui avait une âme de poète, qui écrivait des strophes sur les instants éphémères, sur la fragilité de la vie, sur l'amour, la beauté des fleurs et des sourires, sur les songes et leur importance. La mère avait lu tous ces poèmes un millier de fois, les feuillets étaient restés éparpillés dans un tiroir.

Et maintenant, Marvia était arrivée, bronzée, libre, habillée à la dernière mode, et elle se sentait inutile, parce que probablement elle était venue trop tard. Car personne ne l'avait prévenue assez tôt, personne n'avait su le faire. Comment téléphoner et dire : « Ton frère est mort. Il a été tué par balle, probablement par ses amis. Peut-être des camarades d'école. Ou bien par ceux avec lesquels il avait joué dans un bac à sable. On ne sait pas. » Comment dire ça par téléphone ?

Les jours passaient, dans la tristesse, la compassion et sans espoir. La famille, les connaissances et les voisins venaient et ils admiraient surtout le nouveau style de Marvia et ses cheveux courts et bouclés ; ils hochaient la tête avec pitié à la vue de Salma. Il n'y avait rien à faire. On ne pouvait pas échanger les rôles.

Marvia retourna en Afrique le cœur serré, pleine de remords de ne pas avoir été capable d'aider qui que ce soit, et en même temps soulagée de s'être sortie d'une ambiance lourde, sans espoir d'un avenir meilleur ; quand elle fermait les yeux, elle ne voyait que des décombres et des spectacles morbides. La Côte d'Ivoire l'accueillit de toute la richesse, les couleurs et l'exotisme d'un pays moderne et prospère. Et du contraste avec ce qu'elle avait trouvé au Liban.

Amir l'attendait à l'aéroport et en voyant sa tristesse, il la conduisit à la voiture sans un mot, ils rentrèrent à la maison. Durant les jours suivants, il essaya de faire le maximum pour lui rendre chaque instant agréable, la gâtait du mieux qu'il pouvait. De son côté, Marvia faisait son possible pour ne pas s'effondrer. Le sourire, elle collait le sourire à son visage. C'est le sourire qui allait la conduire à travers la vie, car même si les larmes coulaient dans son âme, il la protégeait des intrusions. Ils allaient dans les clubs, ils travaillaient ensemble, ils se promenaient sur les plages le long de la mer, ils faisaient de la voile. Ils menaient une vie que tout le monde pouvait leur envier, du moins en apparence. Un jour, Amir apporta à Marvia un cadeau : un petit chiot, une miniature de teckel à poils durs, noirs, rehaussés de tons cuivrés. On était début décembre, au moment de son anniversaire. « Pour que tu aies de la compagnie dans la journée. » Dorénavant, elle emmenait le petit chien partout, elle se promenait avec lui dans les environs.

Quelque temps après, lorsque Marvia s'habitua de nouveau à une vie normale, elle retourna dans l'entreprise familiale d'Amir pour s'occuper de l'administration. À la maison, elle n'avait pratiquement rien à faire, Antoine gérait toutes les tâches ménagères. Il cuisinait à ravir, ils mangeaient toujours des plats équilibrés, goûteux et pleins d'arômes. Marvia se demandait souvent si elle était totalement heureuse et à chaque fois, elle se disait que « presque oui ». Pour un bonheur parfait, il ne lui manquait que la présence de ses parents et de son frère, qui n'était plus. Et elle avait la nostalgie du Liban, de celui d'avant-guerre, beau et riche. Elle rêvait aussi de fonder une famille. Amir, son grand et unique amour, n'était que son ami, son idole au fort caractère et son amant. Elle désirait quelque chose de plus : elle voulait une famille, un mari, des enfants ; mais quand elle en parlait à Amir, il répondait systématiquement par la même phrase : « Tu sais bien que c'est impossible. » Marvia ne pouvait pas se contenter de cette explication, ne voulait pas l'accepter. Les jours passaient, les mois, ils se ressemblaient tous, ensoleillés, heureux, exotiques, en apparence insouciants. La Côte d'Ivoire était la rive de la richesse, de l'essor et de la prospérité. Elle ressemblait à un paradis sur terre, les chagrins étaient enfouis ailleurs et le temps se déroulait entre les repas, la plage, les soirées dansantes et les dépenses, car l'argent ne leur manquait pas. Et le travail, oui, le travail venait en dernière position, incidemment, sans grand effort.

La seule chose qui incommodait Marvia, c'était une chaleur à laquelle elle n'était pas habituée. Même si au Liban, l'été pouvait être torride, il n'y avait jamais d'humidité aussi lourde, on aurait dit de la buée. Les insectes la gênaient aussi, avec lesquels il fallait lutter tout le temps. Antoine repassait sans répit les plus petits recoins de leurs vêtements, pour tuer des larves qui auraient pu se nicher dans un pli du tissu. Avait-il été suffisamment consciencieux ? Un jour, Marvia se réveilla avec une douleur atroce à l'avant-bras. Elle regarda sa peau gonflée et rouge, sans ressentir de démangeaison. Toutefois, la boursouflure augmentait d'heure en heure. Amir ne répondait pas au téléphone, elle essaya longtemps, finit par abandonner et observait son avant-bras avec effroi. Elle décida de se rendre chez le médecin par ses propres moyens, ce n'était pas une très grande distance à parcourir. Elle se mit à chercher le petit Rocky et le trouva blotti dans un fauteuil, caché sous un coussin. Il gémissait doucement. « Rocky, ne pleure pas, chéri, on va aller voir le docteur, il va savoir ce qu'il nous arrive. » Elle lui versa de l'eau, le chien n'y toucha pas. Elle le prit dans ses bras et sortit de la maison. Il faisait très chaud, l'humidité était omniprésente, le soleil s'emparait de l'ombre, Marvia avait du mal à respirer. Elle avançait, l'ombrelle dans une main, Rocky dans l'autre. Le chemin lui parut interminable et quand elle arriva au cabinet médical, essoufflée, elle eut l'impression d'avoir marché pendant des heures. Le docteur la reçut très vite. Lorsqu'il vit son avant-bras, il grimaça et hocha la tête.

— Eh oui, c'est bien ça, dit-il.

— Quoi oui, quoi ça ? demanda Marvia.

— Eh bien, vous avez ça depuis quelque temps, sauf que ces derniers jours ça a grossi, dit-il en préparant ses instruments.

— Quel « ça » ? Qu'est-ce que c'est ? cria-t-elle, effrayée.

— Une larve qui se nourrit de votre sang, dit-il. Je vais l'enlever tout de suite. Je vais presser pour la faire sortir.

Marvia eut un frisson de frayeur, mais décida de lui faire confiance et de se laisser faire, pourvu que ce cauchemar s'arrête.

— N'ayez pas peur. J'ai affaire avec ça tous les jours, c'est normal ici, c'est du quotidien. Les autochtones s'en rendent compte plus vite, ils savent reconnaître le petit trou dans la peau, alors que vous ne l'avez même pas vu.

Il parlait d'une voix calme, posée, tout en appuyant sur sa peau.

Marvia poussait de petits gémissements, elle essayait de rester courageuse. Le médecin sortit de son bras quelque chose qu'elle n'aurait jamais imaginé dans ses pires cauchemars. Elle ne savait pas que ça pouvait exister, ce qu'elle avait sous les yeux. Le « ça » était vivant, bougeait, avait la taille d'un petit doigt d'enfant. Le « ça » avait une tête et des yeux noirs, ouverts. Marvia eut l'impression que ces yeux la regardaient. Elle eut un malaise et s'adossa au fauteuil. L'infirmière lui servit un verre d'eau fraîche, le médecin pansa la blessure. Il précisa qu'elle allait garder une cicatrice pour toujours.

— Aucune importance, dit-elle, ce qui compte, c'est que « ça » ne vit plus à l'intérieur de moi.

— Maintenant, je vais examiner votre toutou, il m'a l'air un peu morose, dit le médecin.

L'infirmière prit Rocky et le posa sur la table. Le médecin passa doucement ses doigts le long de sa fourrure.

— Oui, il en a. Trois, dit-il calmement. Je vais lui administrer un sédatif. Difficile d'expliquer à un petit chien qu'on va lui faire mal pour son bien.

— Rocky est très intelligent, il comprend tout. Il sait qu'un « ça » suce son sang. Ces derniers jours, il geignait et se cachait, ne voulait ni manger ni boire, expliqua Marvia.

Le médecin renouvela les soins dont Marvia venait de bénéficier. Rocky gémit un peu, mais il accepta tous les gestes du médecin, comme s'il comprenait vraiment que c'était pour son bien.

Quand tout fut terminé, l'infirmière proposa :

— J'ai fini mon travail. Je vais vous raccompagner chez vous. Vous êtes fatiguée et le soleil frappe encore fort à cette heure-ci.

Marvia lui en fut très reconnaissante. C'est seulement à ce moment, une fois que tout fut terminé, qu'elle sentit combien elle était épuisée. La femme la prit sous le bras pour la faire sortir du cabinet et l'installer dans une voiture vieillotte, d'une autre époque, usée bien que soigneusement entretenue, qui roulait avec un bruit de moteur très présent et des cliquetis de tous les autres instruments de bord. Marvia tourna son visage vers la fenêtre, dans l'espoir d'un soupçon de vent qui n'existait pas. L'air restait figé, même si la voiture se déplaçait.

— Je m'appelle Madeleine, dit l'infirmière, et elle sourit à Marvia de tout son être.

— Vous êtes si gentille de bien vouloir me raccompagner. Je suis vraiment très fatiguée, répondit Marvia. Chaque mot prononcé lui coûtait beaucoup d'effort.

Elle dut fermer les yeux pour quelques instants. Madeleine parlait sans arrêt, mais Marvia n'arrivait pas à se concentrer. Pourtant, un mot vint la sortir de son engourdissement. Elle entendit : « ma grand-mère bien-aimée ». Marvia ouvrit les yeux, sans vraiment savoir ce qui se passait. Elle regarda le bras de Madeleine, rond, couleur cannelle, puis elle leva les yeux vers son joli visage, aux traits réguliers. Madeleine souriait, mais ne parlait plus. Quel âge pouvait-elle avoir ? Probablement celui de sa mère, oui, Salma et Madeleine devaient être de la même génération.

— Je suis désolée, Madeleine, j'ai dû m'endormir pendant que vous me parliez, dit Marvia pour s'excuser.

— Aucune importance. Tu es fatiguée, c'est normal, répondit l'autre, sans le moindre reproche.

— Vous parliez de votre grand-mère et ce mot m'a sortie de ma torpeur, dit Marvia, avec un semblant d'entrain.

— Je te racontais un épisode de mon enfance, essentiel pour moi. Aujourd'hui, c'est l'anniversaire de la mort de ma grand-mère. C'était la personne la plus importante dans ma vie, c'est elle que j'ai aimée le plus au monde. C'est pour elle que je suis revenue ici de France, dit Madeleine d'une voix apparemment calme.

— Vous pouvez me raconter cette histoire ? Moi, c'est ma mère que j'aime le plus au monde. Je voudrais comprendre, la pria Marvia.

— D'accord, je vais te la raconter une deuxième fois, mais ne dors plus – elle rit fort, puis redevint sérieuse. Je suis le premier enfant de mes parents. Mon père est parti travailler en France avant ma naissance. Il devait tout préparer pour notre arrivée. Ma grand-mère, la mère de ma mère, est tombée enceinte quelques mois avant ma mère. Quand j'avais quatre mois, ma mère m'a laissée sous la garde de ma grand-mère et elle est partie rejoindre mon père en France. C'est grand-mère qui s'est occupée de moi, c'est elle qui me donnait le sein, qui me faisait des câlins pour m'endormir, qui m'a appris à marcher et à parler. Lorsque j'avais deux ans, ma mère est revenue me chercher et m'a emmenée en France. Je ne comprenais rien de ce qui m'arrivait. Je ne connaissais ni ma mère, ni mon père, ni ma petite sœur. Je pleurais sans arrêt, ma grand-mère me manquait, le soleil, la mer, la chaleur et la sécurité. Au bout d'un certain temps, je me suis habituée à ma nouvelle vie. D'autres de mes sœurs sont venues au monde. Maintenant, nous sommes cinq. Elles me respectent beaucoup, parce que je suis la seule à être née en Côte d'Ivoire.

— Je suis désolée, Madeleine, tellement désolée, bafouilla Marvia. Et alors, votre grand-mère, vous l'avez revue durant votre enfance ?

— Oui, mais j'avais déjà huit ans. Mes parents m'ont envoyée chez elle en vacances.

Des larmes d'émotion coulèrent des yeux de Madeleine. Elle arrêta la voiture.

Elles descendirent et allèrent se reposer à l'ombre des palmiers, sur le sable frais en comparaison avec la terre gorgée de chaleur. Un vent venu de la mer rafraîchissait leurs corps éreintés par la chaleur. L'après-midi touchait à sa fin, mais on avait l'impression que le jour allait encore durer longtemps, c'était assez trompeur : ici, le soleil se couchait d'un seul coup, sans faire de longs adieux. Les deux femmes essayaient de profiter de chaque minute de leur amitié nouvelle et inattendue. Marvia était tout ouïe, en écoutant la suite de l'histoire de Madeleine qui continuait à raconter, confortablement adossée au tronc d'un palmier.

— Pendant ces six si longues années, j'ai pensé à ma grand-mère tous les jours. Je rêvais d'elle, elle accompagnait chacun de mes pas. Je n'ai jamais oublié son visage, empreint de bonté. Son odeur me manquait, elle sentait bon les épices : clou de girofle, cannelle, cardamome et bien d'autres, celles qu'elle utilisait pour cuisiner. Et ses mains, des mains fatiguées, sentaient souvent le citron vert. Elle travaillait très dur, avait beaucoup d'enfants, ma mère était son aînée, ensuite elle avait mis au monde douze autres enfants, mes tantes et mes oncles. Le plus jeune de mes oncles, François, a seulement trois mois de plus que moi. Grand-mère nous tenait dans ses bras tous les deux ensemble et nous donnait le sein. Jusqu'à mon départ en France, nous avons été élevés comme frère et sœur. Madeleine se tut un instant, pensive, puis continua :

— Lorsque je suis revenue en Afrique au bout de six ans, j'avais l'impression qu'il n'y avait eu aucune interruption, que ma grand-mère avait été avec moi pendant toutes ces années. Peut-être parce que nous pensions tous les jours l'une à l'autre. Ces vacances ont été les plus heureuses de ma vie. J'aidais ma grand-mère de mon mieux dans ses tâches ménagères, je préférais ça plutôt que de jouer avec les autres enfants. Elle me racontait tant d'histoires intéressantes, africaines… des légendes… des coutumes… Elle m'a fait comprendre que nous étions des hommes de ce continent, c'était déterminant, quels que soient la religion et le milieu.

— Vous pensez que l'endroit d'où l'on vient est plus déterminant que la religion ? demanda Marvia.

— Probablement, oui. Dans le cas de l'Afrique, j'en suis sûre. Et au Proche-Orient, ça doit être vrai aussi.

— Et pourquoi vous me racontez tout ça, alors que vous ne me connaissez pas ? Je me sens très honorée, bien sûr, mais je ne sais pas comment je l'ai mérité, dit Marvia.

— Comme je l'ai déjà dit, aujourd'hui, c'est l'anniversaire de la mort de ma grand-mère. Ce matin tôt, je suis allée lui rendre visite au cimetière. J'ai voulu parler d'elle avec quelqu'un et toi, tu as déjà vécu tellement de choses malgré ton jeune âge que je savais que tu allais comprendre.

— Comment savez-vous ce que j'ai vécu ? s'étonna Marvia.

— Ici, tout le monde sait tout sur les nouveaux venus, surtout sur ceux qui ont fui cette horrible guerre, répondit-elle avec assurance.

— Excusez-moi, Madeleine, de vous avoir interrompue, continuez, s'il vous plaît, je veux connaître la suite.

— Donc c'étaient les vacances, de merveilleux moments passés avec grand-mère, ses histoires, ses excellents plats, son odeur d'épices, son sourire et sa patience. Le jour de mon départ, je me suis enfuie, je me suis cachée derrière la maison des voisins, mais malheureusement, on m'a retrouvée et emmenée à l'aéroport au dernier moment. J'étais si désespérée que je ne voulais pas dire au revoir à qui que ce soit. Ça a fait rire tout le monde, ils en riaient jusqu'aux larmes. Moi, je ne trouvais pas ça drôle du tout. Je ne pleurais pas, je ressentais juste une tristesse accablante. Une fois rentrée en France, j'ai compris que j'étais trop petite pour prendre une décision radicale. J'ai réalisé qu'il me fallait vivre comme tout le monde, là-bas. Je ne suis pas allée en Afrique tous les ans, le voyage était trop cher pour mes parents. J'ai revu ma grand-mère quand j'avais treize ans, puis seize, puis dix-huit. C'était très peu, mais à chaque fois nous ressentions la même chose : que rien n'avait changé entre nous, parce que nous étions unies par la pensée. Sauf qu'à chaque rencontre, grand-mère était plus vieille, plus fatiguée et plus lente. Elle avait élevé tellement d'enfants, elle avait travaillé si dur ! Il y a des relations comme ça, très fortes, sans qu'on sache pourquoi. On ne peut pas l'expliquer. C'était le cas, avec ma grand-mère. Nous savions toutes les deux que le lien qui nous unissait était très puissant. Lorsque j'ai eu dix-huit ans, j'ai pris la décision de retourner en Afrique, parce que c'était mon pays, mon continent et surtout parce que je voulais être près d'elle. En France, je suivais des cours dans une école d'infirmières, il me restait un an à faire et, une fois les études terminées, je suis revenue ici. Bien sûr, ils ont essayé de me barrer la route, toute ma famille française, mais personne ne pouvait me faire changer d'avis, même mon petit ami qui ne comprenait pas ma décision. « Comment ça, tu veux quitter la France, alors que tout le monde désire vivre ici ? La France est le rêve de chacun », répétaient-ils. Et moi, je préparais mon départ. Et comme tu vois, je suis là. Elle rit de tout son être.

— Moi aussi, j'ai été dans une école d'infirmières, à Beyrouth, pendant la guerre, l'interrompit Marvia.

— Ma pauvre… Tu me raconteras ? demanda Madeleine, soudain triste.

— Une autre fois, peut-être. Ce sont de pénibles souvenirs, répondit Marvia.

— Rappelle-toi que tu peux toujours venir me voir, quand tu veux. Tu sais où me trouver, dit Madeleine pour finir ses confidences, et elles retournèrent à la voiture. Merci, Marvia, de m'avoir écoutée. J'avais besoin de parler à quelqu'un. C'est un anniversaire si triste, dit Madeleine lorsqu'elles se quittèrent.

Les jours suivants, Marvia ressentit une énorme fatigue, incessante. Elle s'allongeait et se reposait après chaque activité, dont même la plus minime lui demandait un grand effort. Elle décida de retourner voir le médecin.

— Vous êtes enceinte, lui annonça-t-il, il suffit de vous regarder pour le savoir. Je vais vous examiner pour confirmer mon diagnostic.

De retour à la maison, Marvia attendit Amir avec impatience. Elle imaginait diverses façons de lui annoncer la bonne nouvelle. Elle riait à ses idées. Antoine s'affairait dans la maison, rangeait, faisait les poussières, époussetait les oreillers et il lui souriait timidement.

Le soir, quand ils s'assirent pour dîner, Marvia parvint à bredouiller :

— Amir, chéri, nous allons devenir une famille…

— Une famille ?

— Oui, nous allons avoir un enfant.

— …

— Oui, je suis allée voir le médecin aujourd'hui. Il n'a fait que confirmer mes soupçons. Tu es content ?

— Très content. J'adore les enfants. Je voudrais en avoir toute une ribambelle.

— Bon, pour la ribambelle, on va y aller doucement, mais un bébé, c'est déjà une famille.

— Marvia, nous ne pouvons pas fonder de famille, tu le sais très bien. Nous sommes ensemble parce que nous sommes loin du Liban et de mes proches. Là-bas, même notre liaison n'aurait jamais été acceptée.

— C'est d'une hypocrisie terrible, cria-t-elle.

— Appelle ça comme tu voudras. Depuis mille ans, nous ne nous sommes jamais unis à quelqu'un d'extérieur à notre clan. Tu le sais bien. Jamais.

— Alors pourquoi tu es avec moi ? demanda-t-elle, les larmes aux yeux.

— Parce que je suis amoureux de toi, mais je t'ai dit depuis le début que nous ne pouvions pas nous marier. Je n'ai pas le droit.

— J'ai du mal à croire qu'aucun Druze n'a jamais transgressé cette règle.

— Et pourtant…

— Alors qu'allons-nous faire ? demanda-t-elle d'une voix désespérée.

— Nous devons rester ici pour pouvoir continuer à vivre ensemble, répondit-il, pensif.

— Mais ils finiront par l'apprendre un jour, les tiens !

— Je préfère ne même pas y penser.

— Qu'est-ce qui va se passer ?

— Je ne sais pas, je n'ai jamais entendu parler d'une telle situation.

Ils eurent beaucoup d'entretiens de ce genre et aucun n'apporta de solution. Marvia se sentait de plus en plus mal chaque jour. Elle n'aidait plus Amir dans son travail, elle ne se levait pratiquement plus de son lit. Amir embaucha une jeune fille du voisinage qui venait parfois chez eux pour faire la cuisine, quand Antoine prenait un congé pour se rendre dans son village natal. Zafira était une jeune Libanaise qui élevait seule ses trois enfants, elle avait besoin d'argent. Elle fut ravie qu'Amir lui propose de l'aider à gérer son entreprise. Elle avait fait des études, se débrouillait bien avec les comptes.

De son lit, Marvia observait Zafira qui prenait de l'assurance, qui parlait de plus en plus fort, qui cherchait à s'imposer ; plus élégante jour après jour, elle arrivait avec un large sourire. Marvia comprit vite que l'autre voulait séduire Amir. Tout le quartier savait que Zafira cherchait un homme, sans grand succès. Marvia ne savait pas comment freiner le désastre. Parler à Amir ? Elle essaya, mais il la regarda avec étonnement et haussa les épaules.

Elle avait besoin de l'aide et du soutien d'une personne proche.

— Amir, est-ce que tu serais d'accord que ma mère vienne me voir ? Elle me manque beaucoup.

— Qu'elle vienne. Ça lui fera du bien à elle aussi de sortir de l'enfer pour quelque temps.

Amir attendait Salma à l'aéroport. Il la repéra au milieu de la foule. Changée mais toujours belle, elle avançait vers lui calmement, elle aussi l'avait vu de loin. Vêtue d'une robe noire, les cheveux lissés, elle inspirait le respect par sa simplicité élégante et par son assurance.

— Comment se sent ma fille, Amir ? le questionna-t-elle en guise de bonjour.

— Elle ne se sent pas bien, c'est pourquoi nous vous avons demandé de venir, Salma. Marvia a besoin de votre présence, répondit-il en s'inclinant.

Il lui ouvrit la portière et ils partirent vers la maison. En silence, les yeux à demi fermés, Salma contemplait le paysage. Les palmiers, les plages, les belles résidences et les couleurs. De la couleur partout. L'opulence à chaque pas. Quel bonheur que Marvia puisse vivre ici, loin du cauchemar de la guerre et de toutes ses cruautés ! De plus, elle aurait bientôt un bébé, un don du ciel, le meilleur qu'on puisse imaginer. Une joie pour toute la famille, une récompense après la perte de Jamal et de tant d'autres. Mais comment convaincre ce garçon têtu d'épouser enfin sa fille ? Elle réfléchissait à une conversation avec lui et aux arguments qu'elle pourrait utiliser. Salma trouva Marvia alitée, pâle et fatiguée. Celle-ci se réjouit à la vue de sa mère, mais se tint le ventre en se levant et elle ne put réprimer une grimace de douleur.

— Marvia, ma chérie, ce n'est pas normal que tu souffres autant furent les premiers mots que prononça sa mère.

— Maman, à moi aussi, ça ne me paraît pas normal de me sentir si mal en début de grossesse, mais le médecin a dit que tout allait bien, répondit Marvia et elle se recoucha, roulée en boule, en se tenant le ventre et en gémissant.

Inquiète, Salma hocha la tête et elle resta assise au bord du lit. Antoine apporta un plateau rempli de salades et de hors-d'œuvre qu'il préparait depuis le matin. Marvia ne toucha à rien, Salma goûta à tout et le complimenta pour ses talents culinaires.

— Tout est délicieux, dit-elle en dégustant et Antoine fit un grand sourire, très content.

Vers le soir, Salma décida qu'il fallait se rendre à l'hôpital en urgence.

— Amir, aide Marvia à se lever et à monter dans la voiture, nous partons immédiatement, dit-elle d'une voix qui ne souffrirait pas de refus.

Durant le trajet, Marvia ne fut pas capable de se tenir assise, elle resta allongée sur le siège arrière et elle gémissait. Par chance, à l'hôpital, il n'y avait pas beaucoup de patients, ils n'eurent pas à attendre. Le médecin prit sa décision très vite : « Sur la table d'opération, une grossesse extra-utérine », cria-t-il à son assistante. Alors qu'on transportait Marvia dans la salle d'opération, Salma cria, effarée : « Seigneur, je vous en supplie, ne m'enlevez pas un deuxième enfant ! J'en ai déjà enterré un… » Marvia n'oublia jamais le visage en pleurs de la mère, sa voix et ses paroles.

L'opération dura plusieurs heures. Les médecins luttaient pour sauver la vie de Marvia. Il s'était avéré que son état était très grave, que l'opération survenait presque trop tard, le diagnostic du premier médecin était erroné : la grossesse ne se passait pas normalement. On ne lui avait pas fait l'échographie qui aurait décelé le problème.

Au début, Salma courait dans la salle d'attente. Une des infirmières essaya de la calmer, de la convaincre de s'asseoir, elle lui proposa une boisson, puis elle abandonna ses efforts. Au bout d'une heure, Salma s'assit et resta immobile, le visage enfoui dans ses mains. Personne ne savait si elle priait ou si elle désespérait.

Quatre heures plus tard, un médecin sortit de la salle d'opération et se dirigea droit vers la salle d'attente. Il s'arrêta devant Salma. Lorsqu'elle leva la tête et ouvrit ses yeux injectés de sang, elle vit son visage fatigué, plus très jeune.

— Vous êtes la mère ? demanda-t-il et il poursuivit sans attendre la réponse. Elle est en vie. Votre fille est en vie. Nous avons réussi à la sauver, bien qu'il y a eu un moment où elle était partie. Si vous étiez venus une heure plus tard, elle ne serait probablement plus là. Rentrez à la maison vous reposer et revenez demain. Votre fille dort, à présent. Il faut qu'elle reprenne des forces. Et pour moi aussi, ça a été une longue opération.

Il lui tendit la main pour lui dire au revoir et il s'en alla. Salma restait toujours assise. Elle n'avait pas prononcé un seul mot, n'avait pas bougé d'un centimètre. Une infirmière lui apporta un verre d'eau et appela un taxi. Amir avait disparu au tout début de leur attente, elles ne lui demandèrent jamais pourquoi ni ne commentèrent son absence.

Les jours se suivaient au rythme des visites à l'hôpital. Au début, elles restaient silencieuses toutes les deux, elles fixaient un point dans le vide. Marvia était allongée, pâle et triste, si fatiguée et abattue. Des jours qui se ressemblaient, longs, sans fin et sans espoir. Le séjour à l'hôpital se prolongea à cause d'une infection postopératoire et Marvia, faible et résignée, n'avait pas la force de se battre. Elle restait au lit et rien ne l'intéressait. La plupart du temps, Salma était assise sur une chaise et tenait la main de sa fille.

Enfin, son état de santé s'améliora au point qu'elle put rentrer à la maison. Mais ce retour ne fut facile pour personne. Marvia n'arrivait pas à s'occuper de quoi que ce soit, elle restait allongée ou déambulait dans l'appartement sans trouver de but précis. Amir passait ses journées au travail et quand il rentrait, il se taisait, sans faire aucun effort pour les sortir de ce marasme. En revanche, Zafira prenait de plus en plus de place dans leur vie. Elle avait déjà en main toutes les tâches administratives au bureau, mais elle venait maintenant à la maison, même quand Antoine n'avait pas congé. Elle arrivait sans prévenir, pour résoudre une question de gestion qui ne souffrait aucun délai. Toujours pimpante, avec un air de suffisance. Elle disait être venue apporter un document urgent à signer ou seulement prendre une boisson fraîche, parce qu'elle passait dans les environs, mais au fond, toutes ses visites n'étaient qu'un prétexte pour se montrer, pour souligner sa présence. Amir ne se rendait pas compte de son jeu, il était aimable avec elle et il la regardait avec sympathie, parfois avec intérêt.

Salma hochait la tête, dubitative, sans savoir comment faire face à ces intrusions. Marvia aussi se rendait compte de ce qui se passait sans pouvoir y remédier. Quand elle signalait à Amir la fourberie de Zafira, il ne faisait que hausser les épaules et répondait qu'elle avait des illusions. Oui, il avait raison. Marvia avait de plus en plus d'illusions. Parfois, elle n'était pas sûre de la frontière entre le monde réel et le monde imaginaire. Au début, elle avait cru que c'était l'effet des médicaments, mais quand elle arrêta de les prendre et qu'elle continua à vivre dans deux univers parallèles, elle ne sut plus quoi penser et eut peur d'en parler à quiconque. Sa mère n'était plus à ses côtés, au bout de six mois elle était repartie au Liban, elle ne pouvait pas laisser son mari et son foyer plus longtemps sans ses soins, comme elle l'avait dit. Il manquait donc à Marvia la seule personne avec laquelle elle aurait pu parler des angoisses qui l'habitaient, des visions étranges du visage d'Amir déformé, qui devenait soudain un diable, un monstre ou un loup-garou. Elle se mit à avoir peur de lui, à trouver ses traits répugnants. Il lui arrivait de détester son odeur, qui devenait tout à coup si désagréable, forte, agressive qu'elle sortait de leur chambre à coucher et allait dormir blottie dans le canapé. Lui ne comprenait pas son comportement, mais il disait que ça ne le dérangeait pas, qu'il la voyait autrement à présent, qu'il avait du mal à reconnaître son visage, elle était devenue quelqu'un d'étranger, d'inconnu. Pourtant, ils étaient pleins de bonne volonté, il y avait des jours où ils essayaient de se parler, de déceler ce qui se passait entre eux, d'où venait cette aversion réciproque. Au bout d'un certain temps, Marvia cessa de faire appel à son intellect, fatiguée, elle n'arrivait plus à se concentrer ni à tirer des conclusions logiques. Elle cessa aussi de lutter contre ses sentiments, elle s'avoua vaincue. Les seules choses qui l'aidaient à tenir, c'étaient les conversations téléphoniques avec sa mère et les prières pour son frère. Les conversations étaient banales et brèves : que pouvait-elle dire à sa mère à une telle distance sans l'inquiéter ? Pourtant, Salma avait l'air de se douter de quelque chose ou plutôt de se douter de mauvaises choses que ni l'une ni l'autre ne pouvaient exprimer. Les prières pour son frère étaient plus concrètes, presque palpables, elle leur consacrait toutes les forces qui lui restaient encore. Elle pouvait rester pendant des heures immergée dans la prière sans entendre ce qui se passait autour, rester immobile, dans l'oubli. Ensuite, elle allait se promener au bord de la mer, ses sandales à la main, à tremper les pieds dans l'eau fraîche dont les vaguelettes la rappelaient à la réalité, mais Marvia ne voulait pas y revenir. Elle sentait la présence de Jamal à ses côtés. Il l'accompagnait dans ses balades le long de la mer. Il lui semblait qu'il aurait suffi de tourner la tête vers la plage pour le voir, son visage souriant aux yeux rêveurs, aux paupières épaisses et aux boucles brunes qui tombaient sur son front, indisciplinées. Il aurait suffi qu'elle tende la main pour toucher son bras et ça l'aurait apaisée, l'autre réalité serait devenue seulement un cauchemar, une supercherie, une mauvaise blague. Non, elle ne tournait jamais la tête, elle avait peur de l'effrayer, de le faire fuir, alors que si elle ne faisait rien, elle pouvait se délecter de sa présence, sentir qu'il marchait à ses côtés, lui souriait et essayait de la rasséréner, en lui faisant comprendre qu'il était là, qu'il était bien là avec elle, qu'il n'avait pas disparu, qu'aucune balle ne l'avait tué, rien de tel n'avait pu arriver, puisqu'il continuait à être là. Elle fixait les vagues autour de ses pieds et elle répétait doucement : « Jamal… Jamal… » Désormais, chaque jour, où qu'elle aille, il suffisait qu'elle soit seule pour que Jamal vienne. Elle lui parlait tout bas, lui racontait ses peines, ses souffrances, l'enfant qui n'était jamais né alors qu'elle le désirait tant, la mère qui avait changé depuis la guerre et après sa perte. Oh, si la mère savait qu'il ne lui était rien arrivé, qu'il était là, que les balles étaient fausses, peut-être en plastique ou en sucre. Marvia ne pouvait pas consoler sa mère : comment lui prouver que c'était une erreur, qu'ils s'étaient tous trompés, laissés berner par un jeu ? Mais le jeu de qui ? Ils étaient tombés dans un piège. Alors que Jamal continuait à être là. Il était toujours à ses côtés. Elle lui parla d'Amir qui avait tant changé depuis que cette autre femme était apparue dans leur vie, sans qu'il ne s'en rende compte. Elle réfléchissait aussi, à voix haute, sur la perte de son enfant, sur le pourquoi de ce malheur. Peut-être que leur bébé n'avait pas le droit de venir au monde, parce qu'ils avaient commis un crime terrible envers la religion. Les Druzes ne se lient avec personne de l'extérieur, depuis mille ans, depuis qu'ils étaient apparus au Liban. Ils ne se lient avec personne du monde entier. Leurs gènes restent les mêmes, peu importe sur quel continent ils habitent. Ce sont les gènes des Druzes, de leur grande famille. Elle, Marvia, moitié libanaise, moitié palestinienne, n'avait rien en commun avec eux. Pourquoi s'était-elle imaginée changer leurs plans, faire apparaître ses propres gènes dans le sang druze, faire naître un enfant qui n'aurait pas eu de gènes purs depuis des centaines d'années, inchangés depuis tant de générations ? Avait-elle vraiment pensé ainsi ? Non, Marvia n'y avait pas du tout pensé avant. Elle était juste amoureuse et désespérée par la guerre. Effarée à l'idée que sa vie ne tenait qu'à un fil et qu'elle allait devoir s'envoler ailleurs, comme les autres. Comme ses camarades d'école, soudain, sans adieu. Qu'elle n'aurait pas le temps de profiter de sa jeunesse ni de danser, qu'elle ne saurait plus rire, ni nager, ni courir sur la plage. Qu'elle ne tiendrait jamais son enfant dans ses bras. Elle avait peur de chaque bruit inattendu. C'est pourquoi, ici, en Afrique, elle avait retrouvé son équilibre, au fil des jours, petit à petit. Elle racontait tout ça à Jamal, il restait silencieux, il lui souriait, il hochait la tête en signe de compréhension. Lorsqu'ils s'asseyaient ensemble au café, sous un parasol, au bord de la mer, et qu'elle prenait une glace, elle lui parlait à voix basse, pour que les autres clients ne l'entendent pas. C'était leur secret. Ensuite, ils se levaient pour marcher de nouveau le long de la mer et Marvia poursuivait son récit. Tous les jours se déroulaient ainsi. Leurs promenades, ensemble. Allongée sur la plage, elle écoutait le bruit et le chant des vagues et lui était assis à côté, pensif, silencieux, il laissait glisser le sable doré entre ses doigts. Elle s'assoupissait, tout en chuchotant la suite de ses confidences, sans lever ses paupières, de peur de le faire fuir à nouveau, parce qu'il avait été absent pendant quelques jours, lorsqu'une fois elle avait tourné la tête vers lui, imprudente. Elle avait juste eu le temps d'apercevoir de l'épouvante dans ses yeux, de l'affolement dans les muscles de son visage et soudain, c'était comme une bourrasque qui avait soufflé dans sa direction, lui avait ébouriffé les cheveux et il avait disparu. Alors, depuis cet incident, Marvia faisait très attention de ne pas regarder dans sa direction. Elle voulait le garder près d'elle le plus longtemps possible, peut-être pour toujours.

Il n'était plus avec elle lorsqu'elle revenait à la maison, il la quittait à l'entrée. Jamal ne venait jamais leur rendre visite à l'intérieur. Marvia se doutait bien pourquoi. Il ne l'accompagnait jamais dans des endroits fermés et en plus, leur appartement était à présent rempli d'une atmosphère lourde et paralysante, l'air y manquait. Aussi bien elle qu'Amir le ressentaient parfaitement et depuis que Marvia avait recouvré la santé, elle essayait de passer le plus de temps possible dehors, surtout au bord de la mer où elle ne se sentait jamais seule. La mer était un compagnon vivant, derrière l'horizon il y avait d'autres terres, d'autres gens, d'autres possibilités et dans les abysses, il existait une vie cachée, un autre univers, secret et inatteignable, aux trésors jalousement enfouis.

Le temps qu'elle passait à la maison était le plus difficile à supporter. La plupart du temps, Amir se taisait. Ils vivaient chacun de son côté, sans se regarder, sans plus avoir besoin l'un de l'autre, ils se contournaient en faisant semblant de ne pas se voir, comme si l'autre n'existait pas. Le pire, c'étaient les nuits, lorsqu'elle restait allongée en attendant le sommeil, l'oubli qui ne venait pas, parce qu'alors surgissaient les rêves. Elle courait, à travers des rues noires où elle ne rencontrait jamais un être vivant, ceux qui la croisaient étaient morts depuis longtemps, ils avançaient dans la direction opposée, les yeux grands ouverts et la bouche grimaçante dans un sourire qui n'en était pas un. Les rues étaient mal éclairées, sombres, plongées dans une nuit éternelle. Parfois, elle se battait avec des sacs de sable qui lui tombaient dessus ou lui bloquaient la route. Elle se retrouvait devant la fosse d'où ses camarades de classe tendaient les mains pour l'attraper. Elle regardait leurs visages sans yeux, leurs bouches sans dents, leurs mains aux doigts écartés sans ongles. Des profondeurs de la fosse lui parvenait une puanteur de cloaque, ou peut-être était-ce celle de la terreur humaine. Elle voulait s'enfuir, mais elle ne pouvait pas faire un pas ni quitter des yeux les visages qui autrefois étaient beaux, souriaient, prenaient des airs coquets. Quand enfin elle tournait la tête, elle voyait sa maison. Et une voiture qui approchait. Quatre garçons y étaient assis, ils devaient être jeunes, parce que leurs gestes étaient jeunes et leur bravoure juvénile, mais elle ne pouvait pas apercevoir leurs visages. Elle voyait la voiture s'arrêter devant la maison et entendait les garçons crier vers la fenêtre ouverte : « Jamal ! Jamal ! » Jamal regardait par la fenêtre, souriait, il les reconnaissait, c'étaient ses amis depuis des années. Ils avaient joué ensemble durant toute leur enfance. Un instant plus tard, il sortait en courant, sans hésiter, sans la moindre crainte. Il s'approchait d'eux pour les saluer. Il n'en eut pas le temps. Un jeune assis sur le siège arrière tira, une fois, deux fois. Sur le visage de Jamal se dessina l'étonnement, la surprise. En tombant, il cria : « Maman ! » Un troisième et un quatrième tir. Pour l'achever. Marvia voyait la porte qui s'ouvrait à nouveau. Pour la première fois, elle voyait sa mère nue. Salma restait immobile pendant un instant, puis faisait quelques pas vers son fils. Elle s'agenouillait auprès de lui et le prenait dans ses bras. La voiture n'était plus là, elle était repartie au moment où Salma ouvrait la porte. Marvia s'approchait de sa mère et couvrait son corps dénudé du foulard qu'elle portait sur la tête. Elle l'entourait de ses bras, essuyait de son visage les flocons de neige fondue au goût salé, elle ne voyait pas les gens qui arrivaient. Tous les trois étaient ensorcelés, figés dans un rêve sans fin.

Il existait aussi des nuits sans le souvenir des cauchemars. Elle se réveillait soudain, brutalement, le pyjama trempé, elle essuyait des filets de sueur qui coulaient de son front. Elle allait à la cuisine, buvait une bouteille d'eau et ne retournait plus au lit. Elle sortait sur la terrasse, s'asseyait dans un fauteuil et attendait le lever du soleil qui apparaissait aussi subitement qu'il avait disparu la veille. Toujours d'un rouge de feu et omniprésent.

Les songes d'Amir ou un sort

Les rideaux du salon étaient ouverts, il n'était pas utile de les fermer ; la nuit était noire, le ciel inaccessible, sans aucune lumière à part le scintillement des étoiles, si lointaines qu'elles ne dispensaient aucune lumière.

Marvia était recroquevillée sur le canapé, un avant-bras sous l'oreiller et la tête tournée vers la fenêtre, sans pouvoir dormir, elle fixait les étoiles. Elle avait froid, même sous son plaid en laine, et ressentait une solitude déchirante, comme si elle était le dernier être vivant sur terre. Pour ne penser à rien, elle comptait les étoiles, sans vraiment savoir si elle n'incluait pas deux fois les mêmes dans ses calculs. Enfin, ses yeux se fermèrent tout seuls et elle retomba dans la rue de ses rêves. Comme toujours, il n'y avait pas de lumière, la plupart des lanternes étaient par terre, le long ou en travers de la rue, et elle marchait en cherchant quelque chose ou quelqu'un, sans réaliser ce dont il s'agissait. Elle croisait encore les mêmes personnes qui avançaient dans le sens inverse. Elles avaient les yeux ouverts, dans une expression d'étonnement ou de frayeur, certaines n'avaient pas d'yeux du tout, mais continuaient à avancer. Et elle continuait à marcher toute seule, ces gens ne la voyaient pas, peut-être parce qu'elle venait d'un autre univers. Elle retrouvait le leur la nuit seulement, alors qu'eux y étaient condamnés pour l'éternité, à marcher sans répit, telles les âmes du purgatoire, perdues, maudites. Elle s'approchait de nouveau de la fosse creusée dans la terre et regardait les visages et les mains de ses anciennes amies. Elle essayait de les reconnaître, de les comparer avec les traits qu'elles avaient eus de leur vivant. Pendant qu'elle se tenait ainsi debout, quelque chose se mit à la tirer vers la surface. Elle voulut rester là-bas plus longtemps, mais une force invisible l'écartait de la fosse. Elle était déjà pratiquement réveillée, avait encore les paupières fermées, mais elle sentait une présence bien distincte au-dessus de son visage. Elle ouvrit prudemment les yeux et les referma, épouvantée, en tirant la couverture sur sa tête. Ce qu'elle venait de voir lui sembla aussi horrible que son cauchemar d'il y a un instant. Un loup-garou se penchait sur elle. Il avait une tête poilue, noire, des oreilles pointues et des yeux sombres, méchants, qui la fixaient avec insistance. Dans le clair de lune, qui était apparue entre-temps dans le ciel, ses traits étaient encore plus rudes et menaçants que lors de ses apparitions précédentes. D'ailleurs, s'il était venu là, c'était parce qu'il avait besoin de la présence et de la clarté de la lune à laquelle il appartenait, il se nourrissait de sa lueur. Marvia respirait péniblement, la sueur ruisselait le long de tout son corps.

— Je t'ai regardée pendant que tu dormais, entendit-elle la voix d'Amir, et une fois de plus, j'ai été effrayé par ton visage, si changé. Je ne sais pas si c'est seulement moi qui te vois différente ou les autres aussi, mais tu n'es plus la jeune fille que j'ai aimée. Ton visage est celui d'un spectre. Mais je n'ai pas peur, parce que je sais que c'est toi qui as peur de moi.

Marvia sortit la tête de dessous la couverture. Non, ce n'était pas un loup-garou, c'était Amir, elle l'avait su depuis le début. Pourtant, il était affreux. Que s'était-il passé avec son visage et sa tête ? Seule sa voix était restée identique, parce que même ses mains étaient bestiales, poilues, aux doigts crochus comme des serres. Marvia déglutit en essayant de retrouver son calme.

— Non, Amir, mon visage n'a pas changé, je suis peut-être plus fatiguée et plus triste qu'avant, mais j'ai la même apparence. Demande à Antoine ou au serveur du café, si tu ne me crois pas. Et je pense que ton visage n'a pas changé non plus.

Après un moment de réflexion, elle ajouta :

— Quelqu'un nous a jeté un sort.

Amir hocha la tête, incrédule. Un sort ! Comment peut-on jeter un sort ? C'étaient probablement leurs sentiments qui s'étaient taris. Il sortit sur la terrasse et contempla la lune, ronde, d'une lumière glacée. Soudain, il ressentit la nostalgie de sa famille, de ses traditions et même de l'absence de liberté moderne, alors qu'ici, chacun faisait ce que lui dictait son envie, loin des préceptes traditionnels. Il ne manquait pas d'argent ni de travail, celui-ci affluait sans cesse. Il y avait Marvia et leur amour interdit qui ne pouvait exister qu'en dehors du Liban, des règles à ne pas transgresser. Combien cette transgression coûtait-elle ? Parfois même la vie. Qui d'autre qu'un Libanais pouvait le comprendre ? Et leur amour, qu'était-il devenu ? Marvia venait de parler d'un sort. Il avait nié, alors qu'il avait la même sensation. Il s'était passé quelque chose qu'il ne pouvait pas cerner, résoudre par le simple intellect, il sentait une nouvelle présence, invisible. Quand cela était-il arrivé ? Il essaya de se remémorer les événements récents. Le départ de Marvia, la mort de son frère… Oui, la mort de son frère. Ce garçon avait à peine vingt ans. C'était des commandos, ou alors… Une seule chose était sûre : ils le connaissaient. Ils l'avaient appelé par son prénom pour le faire sortir. Peut-être avaient-ils joué dans le même bac à sable.

C'est seulement lorsque la guerre avait éclaté qu'ils étaient tous devenus ennemis. Il haïssait cette guerre qu'il ne pouvait pas expliquer quand, ici, on lui posait des questions. Oui, ça avait probablement été un meurtre au caractère racial ou religieux. Jamal était officiellement palestinien, comme Marvia. Personne ne s'était intéressé au fait que Marvia était chrétienne et libanaise depuis des générations, qu'elle avait été baptisée et portait le nom chrétien de Marie, qu'elle priait et portait au cou une petite croix dorée. Peu importait qu'elle ait choisi la religion de sa mère. Peu importait aussi qu'un an avant la mort de Jamal, sa mère l'avait amené dans son village natal où il avait été baptisé et avait pris le nom de Youssef. Que lui aussi avait au cou une petite croix dorée et qu'ils se rendaient ensemble à l'église où ils priaient, agenouillés l'un à côté de l'autre, la mère et le fils. Et le père, le père palestinien ? Il n'en avait jamais rien su, parce qu'ils priaient aussi avec lui. Ils avaient peur de lui avouer la vérité, celle d'avoir choisi une autre religion. Ils avaient peur et ils ne voulaient pas non plus le blesser :

il se serait probablement senti seul, rejeté. Comment était ce père ? Tout le monde s'accordait pour dire qu'il était un homme droit et bon. Amir avait entendu parler de lui de nombreuses fois. Jusef aidait les démunis, il était très protecteur, quoique très sévère. Les réfugiés du camp l'estimaient beaucoup en tant que directeur et pour ses qualités humaines. Et Marvia ? Elle aimait son père, mais elle en avait peur et lui cachait tant de choses ! Même ses minijupes qu'elle portait au quotidien, elle les cachait sous une longue robe en sortant de la maison. Cette situation familiale devait être compliquée et difficile. Comme tout, au Liban. Alors qu'ils formaient une famille aimante. Mais cela n'avait aucune importance pendant la guerre. Parce qu'ils étaient palestiniens. Il suffisait de regarder dans le passeport.

Et lui ? Est-ce que sa propre situation avait été facile ? Déchiré sans cesse entre les règles imposées et l'envie de liberté. Il avait transgressé toutes les règles. Toutes, littéralement. Comment un Druze pouvait-il avoir une relation avec une femme qui n'appartenait pas à son clan ? Ce n'était jamais arrivé depuis mille ans. Serait-ce la raison pour laquelle leur enfant n'avait pas pu venir au monde ? Les gènes, ces vieux gènes ne l'avaient-ils pas permis ? C'est ce qui lui vint à l'idée tout de suite, mais il rejeta cette supposition. Il pensa à Zafira. C'était peut-être elle qui avait agi ? Mais comment ? Elle ne lui avait jamais vraiment plu et en même temps, il n'arrivait pas à en détourner ses pensées. Il y avait en elle quelque chose de vulgaire, d'agressif, de sournois, il s'en rendait très bien compte, mais elle réveillait ses désirs primitifs, bestiaux. Il la voulait, d'une façon obsessionnelle, irrationnelle, comme un être dépourvu de cœur et de raison. Comme un esclave qui ne peut décider de son sort. Était-ce Zafira qui leur avait jeté un sort ? C'est bien depuis qu'elle était apparue dans leur vie que le visage magnifique de Marvia lui semblait hideux et que Marvia le prenait pour un loup-garou.

Il se rappela comment Zafira lui avait tendu un piège, quelques mois auparavant.

Un soir, alors qu'il rentrait, il l'avait vue accroupie sous un buisson, elle lui avait fait signe, il s'était approché et avait vu son visage crispé et sa main sur son ventre. Il lui avait demandé ce qui lui arrivait, elle avait répondu avec difficulté qu'elle avait besoin de son aide pour se rendre à l'hôpital. Il l'avait prise sous son bras et portée dans la voiture. Il l'avait aidée à s'installer et à mettre sa ceinture. Elle n'arrêtait pas de geindre. Il avait senti une forte odeur de tubéreuse, mélangée à sa sueur et à autre chose, peut-être. Il conduisait en direction de l'hôpital. Zafira lui avait demandé de s'arrêter. Il s'était garé sur le bas-côté, il pensait qu'elle allait vomir, alors qu'elle s'était collée à lui de tout son corps. Il avait été surpris, enivré de son odeur désagréable, intrusive, entêtante, mais possessive et il avait cessé de penser, de voir clairement, il s'était abandonné, sans savoir pourquoi. C'est le jour où tout avait commencé. Ils s'étaient retrouvés plusieurs fois, généralement chez elle, lorsque ses enfants étaient à l'école. À chaque fois, elle s'emparait plus fort de lui. Il ne l'aimait pas, n'en était pas amoureux, il ne rêvait pas d'elle, elle ne l'intéressait pas, il n'avait rien à lui dire, d'ailleurs ils ne parlaient jamais de quoi que ce soit. Tout simplement, elle était là. Comme une drogue, comme une maîtresse, une méchante Vénus sans fourrure. Oui, une Vénus du nom de Wanda devrait porter une fourrure. Elle n'en avait pas. Elle n'était ni belle, ni attirante, ni intelligente, ni même drôle. Elle était vulgaire et primitive. Une femme ordinaire. Comment cela avait-il pu arriver ? Il ne savait pas. Parfois, il lui venait l'idée d'en parler à Antoine, ce boy silencieux et sage, qui se doutait de tout, restait discret et devenait de plus en plus triste.

Amir savait qu'il avait perdu. Il avait perdu contre lui-même, contre Zafira, contre Marvia. Il avait cédé, avait succombé, n'avait pas réalisé à temps la situation dans laquelle il était imbriqué. Il réfléchit un instant : c'était comme si quelqu'un, un démon possessif, s'était joué de lui. Il avait été un Druze courageux et indépendant, l'un des rares de son entourage à partir sans se soumettre à la pression des anciennes traditions, et maintenant, lui, Amir, était privé de sa volonté. Il se sentait les mains liées, dos au mur, ou alors dépendant d'une substance magique, d'une drogue qui remettait son être en cause. Il était devenu une marionnette. Dans les mains de qui ? Il plongeait son regard dans les yeux de Zafira, verts, inhumains. Ils l'hypnotisaient comme les yeux d'un serpent. Zafira se lovait autour de lui comme le fait le corps d'un serpent et elle s'y adonnait avec une force grandissante. Il sentait une odeur étrange, animale, inconnue, qui le dégoûtait. Il perdait parfois conscience, pendant des secondes d'inexistence qui interrompaient toute pensée. Il avait perdu, ce fait l'emplissait d'épouvante et de désespoir. Il participait, passif, aux jeux érotiques de Zefira, il s'abandonnait, en ressentant de l'aversion envers elle et envers lui-même. Il rentrait à la maison en catimini, pour que même Antoine ne l'entende pas et en sachant que le boy, discret, savait très bien ce qui se passait. Il allait prendre une douche et il y restait longtemps, jusqu'à ce que l'eau froide le fasse grelotter. Alors il en sortait, enveloppé d'un peignoir, et il se cachait dans le lit, après avoir laissé un mot dans l'entrée, disant qu'il était malade et ne voulait pas être dérangé. C'est ainsi qu'il procédait à chaque fois qu'il avait succombé aux pièges de Zafira. Il se mit à la haïr de tout son cœur et à se haïr lui-même, ce qui était bien pire.

Un jour, lorsqu'il lui sembla avoir touché le fond, avoir vécu le pire, il lui vint une idée : « Il y a une solution, elle existe, seulement je ne l'avais pas vue. Je vais quitter l'Afrique, ce n'est pas ma terre. Je vais retourner au Liban, à mes montagnes et à mes proches. Je ne dirai rien à Zafira. D'ailleurs, nous ne nous parlons pas. Les conversations sont inutiles. Elle n'a besoin que d'un corps, actuellement le mien. » Rassuré par cette révélation qui tomba du ciel, il respira enfin et commença à penser à son retour au pays. Des pensées qui devinrent des projets, de plus en plus concrets, sans qu'il n'en parle à personne. Très étonnant : Zafira donnait l'impression d'avoir deviné ses plans, parce qu'elle se désintéressa complètement de lui. Dès le moment où il prit sa décision, elle le regarda autrement, elle devint indifférente, ne l'aguichait plus, ne tendait plus ses pièges. Il était libre. Il était sûr que son départ, surgi dans son esprit, devait se matérialiser, se concrétiser dans l'espace.

Paris espoir

Quelques jours après, à sa grande surprise, en rentrant à la maison, il trouva Marvia en train de préparer ses bagages. Elle aussi avait décidé de quitter l'Afrique. Il n'y avait plus d'animosité entre eux, juste de la lassitude, leur liaison était finie depuis longtemps et ils n'avaient pas su la reconstruire.

Marvia savait qu'elle avait passé les plus heureuses années de sa vie ici, en Côte d'Ivoire. Mais ce temps s'était écoulé, elle devait quitter ce pays et chercher un autre endroit pour poursuivre sa vie. Elle aurait tant aimé revenir au Liban, chez les siens, elle avait la nostalgie de sa famille et du pays, mais comme tous les Palestiniens émigrés, elle n'avait pas le droit d'y retourner. Elle se sentait comme chassée du paradis. Rejetée. C'était un sentiment détestable. Elle aurait pu se rendre sur chaque continent, pratiquement partout elle avait des cousins ou d'autres parents, mais elle choisit la France, parce qu'elle en avait gardé des souvenirs agréables et insouciants, quand elle se baladait dans le métro, si joyeux autrefois. On était en 1985, elle était toujours jeune, mais avait vécu tant de choses ! Elle demanda l'hospitalité à son oncle et sa tante, rue Tolbiac, dans le treizième arrondissement. Au début, tout le monde était content de sa visite, l'atmosphère était familiale et elle essayait de regagner sa jeunesse perdue, de rattraper le temps qui s'était égaré quelque part, à tel point qu'elle ne savait plus quel âge elle avait. Dans le miroir, elle voyait une jeune fille d'une beauté exotique ; au fond d'elle-même, elle ressentait le souffle de l'amertume et de la destruction.

En compagnie des amis français, elle avait l'impression que des millénaires les séparaient. Elle feignait l'insouciance, elle souriait et dansait avec tous au cours des soirées. Elle n'avait pas le sentiment de faire quelque chose de mal, elle aspirait à trouver sa place. Le soir, elle rentrait dans l'appartement de l'oncle le plus silencieusement possible et se faufilait dans sa chambre, faisait un câlin à Rocky et s'endormait. Son cousin se chargeait de promener le chien, avant son retour. Il y eut un soir qui décida des événements à venir. Elle rentrait, contente de sa soirée, elle ne pensait plus qu'à fermer les yeux et à dormir, d'un sommeil peut-être calme, cette fois-ci. Dans la cage d'escalier, devant la porte de l'appartement, il y avait sa valise et Rocky, attaché à celle-ci. Il était assis sur le paillasson, calme, comme s'il avait compris qu'il était inutile de geindre. Mais Marvia ne voulut pas accepter la réaction éloquente de sa famille parisienne, essaya d'ouvrir la porte, quelque chose bloquait la serrure, elle se mit à sonner, avec tant d'insistance que finalement son oncle apparut sur le seuil, en pyjama, les cheveux en bataille et la mine renfrognée. Il n'avait aucune envie de discuter, il resta indifférent à ses arguments.

— Je pensais que vous étiez contents que j'habite avec vous. Vous ne m'avez jamais dit que ça vous dérangeait que je sorte de temps en temps pour m'amuser, comme tous les jeunes gens de mon âge. Qu'est-ce que je vais faire, maintenant ? Je vais aller où, en pleine nuit ?

— Tes virées nocturnes incommodent ta tante. Tu rentres tard et ça la réveille. Où tu vas aller ? Tu vas te débrouiller. Tu as beaucoup d'argent, plus que nous.

C'était vrai, elle avait de l'argent, emporté d'Afrique. Il lui était venu si facilement qu'elle ne connaissait pas sa valeur. Quand elle y repensa, des années plus tard, elle fit les comptes : si elle ne l'avait pas dilapidé, elle aurait pu acheter trois appartements à Paris.

Elle n'avait aucun moyen de convaincre son oncle de la garder chez eux. Résignée, elle prit sa valise dans une main, Rocky dans l'autre et marcha le long des rues vides de Paris. Elle venait de comprendre que dans sa vie, la joie n'allait jamais durer longtemps, après un moment de gaieté ou de bonheur venait fatalement la détresse. Elle pleurait, en marchant de plus en plus lentement, la valise était lourde et Rocky très inquiet, il gémissait doucement, comme s'il comprenait ce qui se passait. Elle entendit le bruit d'un moteur. Effrayée, elle se colla au mur d'un immeuble. La voiture s'arrêta et le visage d'un homme mûr apparut à la fenêtre d'un taxi.

— Où tu vas toute seule, mon enfant, à cette heure-ci ? C'est dangereux, dit-il.

— Chez ma tante, répondit-elle pour qu'il la laisse tranquille.

— Alors pourquoi tu pleures ? Il ne renonçait pas.

— Je ne pleure pas du tout. Elle décida d'avancer sans tenir compte de ses propos engageants.

— Écoute, j'ai une fille de ton âge. J'ai de la peine pour toi, je vois bien que tu as un problème.

Marvia s'arrêta et regarda l'homme plus attentivement. Il avait un visage empreint de bonté, une voix amicale.

— Ma famille m'a jetée dehors, balbutia-t-elle.

— C'est affreux. Mais tu ne peux pas rester dans la rue. Je vais te conduire à un hôtel que je connais. Tu vas pouvoir dormir et demain, tu réfléchiras à ce qu'il faut faire.

— Et mon petit chien ?

— Ils vont l'accepter.

Elle monta dans le taxi et l'homme s'occupa de sa valise qu'il plaça dans le coffre. Tout au long du chemin, elle se demanda si elle avait bien fait, si elle était en sécurité. Derrière la vitre, Paris envoûtait de son charme nocturne.

Ils s'arrêtèrent assez rapidement devant un petit hôtel. L'homme descendit, il revint au bout de quelques minutes, sortit sa valise du coffre et la porta à la réception. Marvia le suivit. Elle était inquiète et nerveuse. Le réceptionniste lui adressa un sourire qu'elle ne sut pas vraiment déchiffrer. Elle n'était pas sûre que ce ne soit pas un autre rêve. Elle sortit son passeport de son sac et le lui présenta. Il demanda qu'elle règle la chambre d'avance. Elle lui tendit un billet.

L'homme au taxi prit congé. Elle avait voulu le payer, il avait refusé. Il était donc vraiment un homme bon et honnête. Elle monta dans sa chambre, ferma la porte et se jeta sur le lit, en proie aux sanglots. On était au milieu de la nuit, mais elle savait qu'elle n'allait pas s'endormir. Que pouvait-elle faire, à présent ? Rentrer au Liban ? Ce n'était pas si simple. Elle pourrait se rendre en Syrie et de là traverser clandestinement la frontière, très dangereuse. Une autre alternative était de partir en Tunisie, rejoindre un camp de réfugiés et attendre un permis de séjour au Liban. Elle ne voulait vraiment pas faire ça. Au bout d'une heure, elle composa l'indicatif du Liban.

— Maman ? Je suis dans un hôtel, ils m'ont jetée à la rue. Ils ont sorti ma valise dans la cage d'escalier, sanglota-t-elle.

— Mais qu'est-ce que tu dis, ma fille ? Mon frère ? Mon frère t'a jetée à la rue ?! Salma était bouleversée.

— Oui, maman, il m'a jetée dehors. Je t'en supplie, viens. Je suis si seule.

Une semaine après, Salma frappait à la porte de la chambre d'hôtel. Quelques jours plus tard, elles emménageaient dans un appartement, loué au noir, rue de Passy. Marvia n'avait aucune idée de comment gérer l'argent, qu'elle dépensait très facilement et dont elle ne connaissait pas la valeur. En faisant les courses, elle ne regardait jamais les prix. Elle vivait comme si ses ressources allaient durer toujours.

Elle n'avait plus de contact avec son oncle et sa tante, et Salma voulait oublier l'existence de son frère, refusait même d'en parler. Pourtant, un jour, elles rencontrèrent par hasard dans la rue le cousin François, un jeune homme délicat, qui rougit très fort en les voyant, puis il voulut excuser la conduite de ses parents. Marvia l'écouta en silence, stoïque, et elle se limita à dire : « Ça ne fait rien, il ne s'est rien passé. »

Salma repartit au Liban après quelques mois. Marvia commença à chercher une façon de s'occuper. Elle eut l'idée de devenir mannequin. Elle trouva un atelier spécialisé dans les portfolios, pour présenter un book à des agences de mannequinat. La somme colossale que lui demanda le photographe ne l'interpella d'aucune manière. Elle se rendit de nombreux jours durant à des séances de maquillage et de photos et le jeune Jean-Claude, chargé de rehausser sa beauté, était de plus en plus fasciné par son charme. De son côté, Marvia se noyait dans ses yeux clairs et avait envie de passer la main dans ses cheveux couleur de sable du bord de la mer. Tous les deux, ils faisaient semblant d'ignorer leur attirance mutuelle. Lorsque Marvia eut son book, elle dit au revoir à ses prestataires et se rendit à l'agence pour mannequins. Elle y fut reçue immédiatement, avec sourire et courtoisie. Elle s'assit, sûre d'elle, en face du patron qui examinait ses photos. Lorsqu'il eut fini, il resta silencieux pendant un moment puis il l'aborda aimablement :

— Enchanté de faire ta connaissance. Tu es photogénique, mais dis-moi : tu veux faire quoi ?

— Je veux devenir mannequin, répondit-elle, comme si c'était une évidence.

— Personne ne t'a informée des critères, en ce qui concerne les mannequins ? À l'atelier, le photographe ne t'a rien dit ? Est-ce qu'il savait dans quel but il prenait les photos ?

— Oui, bien sûr, je lui en ai parlé.

— Alors il n'a pas été honnête avec toi. En dehors de ça, le prix que tu as payé pour ses photos n'existe même pas. Tu as payé dix fois plus cher que le marché. Je suis désolé.

— Et pour ce qui est de devenir mannequin ? Marvia était au bord des larmes.

— Jeune fille, je suis vraiment désolé, mais tu ne conviens absolument pas. Avant tout, tu es trop petite et pas du tout le genre à la mode. On recrute actuellement des filles de l'Est de l'Europe. Il y a quelques Tchèques qui travaillent chez nous. Elles sont grandes, sportives, le teint et les cheveux clairs.

Marvia sortit de l'agence abattue, mais une heure plus tard elle se moquait déjà d'elle-même et savait qu'elle allait rire de cette aventure, de sa naïveté et de sa drôle d'idée pendant longtemps encore.

Elle rentra à la maison, alluma la télévision et décida de ne plus penser à cette histoire désagréable, d'oublier et de chercher une autre idée.

Le téléphone sonna.

— Marvia, c'est Jean-Claude. Je voudrais te voir. Il faut qu'on se parle.

Ils se donnèrent rendez-vous une heure plus tard, au café en bas de chez elle.

Il avait l'air dissipé, comme quelqu'un qui aurait oublié en chemin pourquoi il venait, ou qui aurait perdu son parapluie, ou qui ne savait plus dans quelle poche se trouvait son portefeuille.

— Marvia, tu me plais énormément, je suis prêt à faire tout ce que tu voudras, dit-il, visiblement étonné par son propre courage.

— Et pourquoi tu ne m'as pas prévenue que je n'avais pas le profil d'un mannequin ? dit-elle, avec une note de colère dans sa voix.

— Parce que mon patron me l'avait interdit. Il se moquait de toi, tu étais naïve comme toutes les étrangères, répondit-il, honteux.

Marvia réfléchit pendant un instant et elle sentit que quelque chose venait de changer : elle commençait à calculer. Elle en avait assez d'être dupée, exploitée. Elle eut envie de se venger, c'était elle à présent qui allait distribuer les rôles et décider de la vie des autres. Elle était fatiguée de faire la queue devant la préfecture de Police pour prolonger sa carte de séjour, de s'interroger sur ce qu'elle deviendrait si on la lui refusait. Elle savait que bientôt, elle allait s'en vouloir et qu'elle n'allait pas aimer cette période de sa vie, mais la décision qu'elle venait de prendre était plus forte.

Elle dit :

— Tu peux m'épouser.

Jean-Claude la regarda pendant longtemps de ses yeux clairs, dans lesquels Marvia décela un brin d'effroi, un rayon de bonté, un instant de doute, une brume de mystère. Il éclata de rire, ce qui devint bientôt un fou rire.

Marvia se mit à rire aussi, ils ne se contrôlaient plus, c'était à se rouler par terre, ils s'arrêtaient un instant pour essuyer leurs larmes et ils continuaient, en se tenant les côtes. Enfin, épuisés, ils s'adossèrent à leurs sièges et respirèrent lourdement, devant les autres clients étonnés.

— Très bien, Marvia, je vais t'épouser. Dis-moi quand ?

— Le plus vite possible, répondit-elle sans hésitation.

Quelques semaines plus tard, elle se trouvait devant l'autel, vêtue de la traditionnelle robe blanche et de son voile, au bras d'un Jean-Claude éperdu d'amour, un bouquet de roses blanches à la main. Elle ne sut jamais décrire précisément ce qu'elle avait ressenti ce jour-là. Peut-être de la satisfaction. Lui, bien sûr, était loin de se douter que leurs sentiments n'étaient pas les mêmes, présomptueux dans son bonheur, jeune, innocent. L'église médiévale de Saint-Martin à Veules-les-Roses était pleine à craquer : la famille du marié et toutes les connaissances des environs. Salma et les deux parents du jeune homme étaient assis au premier rang. Leurs visages ne reflétaient ni bonheur ni émotion, ils ne savaient pas très bien ce qu'ils ressentaient. Ils étaient présents, ils avaient exaucé le désir le plus cher de leur fils bien-aimé et si sensible.

Enfant, il avait été sauvé de justesse d'une barque en train de couler. Ils ne comprenaient rien : ni la situation ni leur belle-fille. Elle venait d'un autre monde, d'une autre culture, elle leur semblait dépourvue de tout sentiment. C'est ainsi qu'ils la voyaient. Elle, vingt-six ans déjà, avec la lourde expérience de la guerre, lui, vingt ans, qui entrait à peine dans sa vie d'adulte. La messe dura longtemps, assez pour qu'ils se plongent dans leurs pensées et souvenirs. Salma aussi était pensive et très digne dans sa robe de deuil qu'elle portait depuis de nombreuses années.

Les jeunes mariés se dirigèrent vers la sortie pour recevoir la bénédiction des parents et les vœux de l'assemblée. Soudain, Marvia s'arrêta. Elle venait d'apercevoir une petite statue en bois de Notre-Dame des Neiges qui lui sembla proche, la seule proche de toutes les personnes réunies, à part sa mère. Durant une seconde, une pensée traversa son esprit : il se passait quelque chose d'artificiel, créé par elle-même, qui n'aurait pas dû avoir lieu, mais cette pensée s'envola, fragile, vite oubliée.

Au cours des jours qui suivirent, ils se promenèrent avec la famille dans les environs, enchantés par ce coin de la Normandie, l'un des plus beaux et romantiques. Ils admiraient les vieilles maisons en pierre aux toits de chaume couronnées d'iris, les moulins aux bords des rivières, les fleurs dans les jardins, le charme unique des ravins, des plages de galets, des marées, de la jetée qui affrontait les eaux froides du Nord. Marvia écoutait les contes sur les Vikings, les ancêtres de son mari, les Goths, les Francs, la guerre de Cent Ans. Elle ne comprenait pas grand-chose, elle ne connaissait pas l'histoire de la Normandie. C'était la première fois qu'elle venait dans cette région, charmante, mais froide et étrangère. Elle rentra à Paris avec soulagement et commença à réfléchir à comment organiser sa nouvelle vie, pour qu'elle soit semblable aux vies des autres, de ceux qui savent s'offrir l'insouciance et la légèreté. Vu de l'extérieur, il semblait qu'elle avait fait de bons choix et qu'elle avait réalisé ses propres désirs et ceux de ses proches. Salma semblait heureuse, depuis le premier jour elle avait aimé

Jean-Claude, de tout son cœur endolori. Il allait en être ainsi jusqu'à la fin de sa vie, il resterait son gendre bien-aimé, innocent et gentil.

Marvia vivait comme en dehors d'elle-même, présente seulement en apparence, à peine heureuse, à chercher des solutions aux pensées qui la fatiguaient. Elle se posait toujours des questions au sujet de sa liaison avec Amir, ne parvenait pas à comprendre cette défaite. Lorsque l'argent commença à manquer, elle décida de se rendre à Abidjan pour retirer les intérêts des investissements placés dans une banque locale. Jean-Claude, comme il l'avait promis au début de leur relation, était d'accord pour tout, y compris son absence de plusieurs mois.

Quand elle débarqua sous le soleil d'Afrique, elle fut submergée par son ancien sentiment de liberté, délivrée du fatum. Elle retrouva Madeleine qui l'écouta avec attention, réfléchit et lui conseilla des bains de mer, quotidiens, pour laver son corps de tous les poids. Car l'eau de mer purifie et guérit. Et Marvia avait besoin de se purifier.

Un jour, comme par le passé, elle entra dans la boutique de disques, à la recherche de ce temps et de ces souvenirs. Fadi était là, il ne fut même pas étonné de la voir. Elle sentit qu'elle n'avait pas besoin de lui expliquer ni de raconter quoi que ce soit – ils se ressemblaient tellement ! Elle ressemblait à son père. Fadi était palestinien, il avait aussi les yeux et le regard du père, son accent. Son sourire était semblable et maintenant, il la regardait de la même façon qu'auparavant. Son regard était chaud, rieur, elle ne pouvait pas détacher ses yeux de lui. Plus tard, elle n'allait pas se rappeler s'ils s'étaient parlé ou s'ils s'étaient juste regardés, elle n'avait pas le souvenir d'un mot échangé. Elle savait qu'il avait une femme et des enfants, elle-même était mariée, mais tout cela n'avait aucune importance.

Elle venait tous les soirs dans le magasin de disques, il fermait la boutique, ils montaient dans sa voiture et ils se rendaient à la plage de Grand-Bassam. Ils s'allongeaient sur le sable déjà frais, avec par-ci par-là quelques cristaux encore gorgés de soleil et ils s'aimaient jusqu'à l'aube. Marvia savait très bien que ses chances de tomber enceinte étaient très limitées et c'est pourquoi elle désirait encore plus faire naître une vie en elle. Au bout de trois mois, lorsqu'elle ressentit les premiers symptômes, elle rentra à Paris, sans regret. La première personne qu'elle informa de son état fut sa mère. Salma accueillit la nouvelle calmement, avec joie : leur famille allait se perpétuer, une nouvelle génération allait venir au monde, c'était le plus important. Jean-Claude se sentit humilié, trahi, profondément blessé. Un mur de silence s'instaura entre eux et Marvia ne voyait pas ce qu'elle pouvait faire pour changer leur relation. Comment lui expliquer qu'en Afrique, un volcan avait explosé, impossible à maîtriser ? Alors que leur relation n'avait ressemblé qu'à un ciel d'automne de Paris ? Comment pouvait-elle le lui expliquer, sans le blesser davantage ? Ils vivaient l'un à côté de l'autre, comme un vieux couple qui n'a plus rien à se dire. Lorsque Sarah vint au monde, Jean-Claude la déclara à la mairie et il s'en occupa comme si c'était vraiment son enfant. Même lorsqu'ils se quittèrent, deux ans plus tard, il garda le contact avec la petite, il se comporta en père responsable. En revanche, il ne voulut plus rien savoir de la vie de Marvia. Peut-être l'avait-il vraiment aimée ?

Maintenant, Marvia repensait à sa vie en se rendant à l'enterrement de Salma. Elle savait qu'elle avait reproduit l'histoire de sa mère, comme cela arrive souvent. Il est difficile de fuir le fatum familial.

Épilogue

J'avais du temps devant moi. Il me restait encore quarante minutes avant le rendez-vous avec Marvia, en plus elle serait probablement en retard, comme d'habitude. Marvia est incapable d'être ponctuelle, il y a toujours quelque chose qui l'en empêche, au dernier moment. Au tout début, quand je ne la connaissais pas aussi bien que maintenant, cela m'irritait, je ne pouvais pas comprendre comment on ne pouvait pas s'organiser pour être à l'heure. Je l'attendais et je m'énervais, quand enfin elle arrivait, souriante, et essayait de m'amadouer, consciente de mon agacement. Louis l'appelait « ma femme orientale » en constatant son manque de discipline et d'organisation. Maintenant, après tant d'années, ça ne me dérangeait plus. Je savais qu'elle était comme ça, elle avait peut-être une autre perception du temps. Tant de choses nous séparaient, nous avions été élevées dans des cultures distantes, nos histoires familiales n'avaient rien en commun, nos amis étaient différents, mais nous avions un trait en commun : le sens de l'humour. Nous riions des mêmes choses, nous n'avions pas besoin de nous expliquer pourquoi, même si personne de l'entourage ne comprenait de quoi il s'agissait. Est-ce que le sens de l'humour est le facteur le plus important pour réunir ou séparer deux personnes ? Il paraît que oui. L'humour est comme un lien subtil, comme un instant fugace de répit qui rend plus légères les épreuves difficiles à surmonter.

Je me suis promenée sans but dans les rues de Paris, partout il y avait des traces de la manifestation de la veille, des Gilets jaunes dont parlait le monde entier, en hochant la tête d'étonnement, de critique et de consternation, en prononçant « Gilets jaunes » à la française, avec un bon accent travaillé par les médias. Et les traces de leur présence, c'étaient les vitrines des magasins brisées et des déchets sur les trottoirs. Le soir approchait, alors peut-être que les saletés avaient été nettoyées le matin et que celles que je contournais étaient du jour même, à Paris les gens jettent tout par terre. Rares sont ceux qui cherchent une poubelle. Lorsque l'heure de notre rendez-vous est venue, je me suis postée à la porte du personnel des Galeries Lafayette. Je regardais sortir des gens qui avaient fini leur travail et ceux qui voulaient fumer une cigarette ou boire un café. Je ne consultais même plus ma montre, j'attendais patiemment. Enfin, j'ai vu Marvia, avant de me saluer, elle m'expliquait déjà de loin qu'elle avait eu de gros clients au dernier moment. Nous sommes parties directement au restaurant, nous étions toutes les deux fatiguées et affamées, et même s'il était à peine dix-neuf heures, nous avons décidé de nous asseoir, manger un peu et surtout nous parler. Nous ne nous étions pas vues depuis plusieurs mois, parce que Marvia avait eu des soucis de santé. Je lui avais déjà posé toutes les questions possibles et elle disait avoir remis entre mes mains toute sa vie, mais même s'il en était ainsi, d'autres interrogations surgissaient. Son pays est tellement compliqué et les hommes encore plus. Marvia m'avait raconté sa vie cinq ans auparavant et il m'avait semblé alors que j'avais tout compris, qu'il me suffisait de la décrire, qu'il n'allait pas y avoir de surprise. Alors que les surprises surgissaient à chaque pas. Au début, j'étais persuadée que Marvia était libanaise, chrétienne, une femme courageuse et pleine de bonne volonté. Ensuite, il s'était avéré qu'elle était bien née au Liban, mais que depuis toujours, elle avait vécu avec un passeport palestinien, que c'est avec ce document qu'elle voyageait, qu'elle était palestinienne pour les Libanais. Puis j'avais appris que si maintenant elle était chrétienne, elle était née musulmane. Et dernièrement, il y avait à peine deux mois de cela, elle m'avait confié qu'elle était allée à l'école dans un camp de réfugiés. Toutes ces informations apparaissaient petit à petit, incidemment, en modifiant à chaque fois la vision que j'avais de sa vie. J'ai commencé à m'interroger sur le nombre de rebondissements qui m'attendaient encore. Parfois, j'en avais franchement assez de cette histoire, elle était trop pesante, trop triste, il y avait une telle dose de souffrance qu'on aurait pu en gratifier une foule d'Européens joyeux. C'est alors que j'ai pensé à la reconstruction de leurs vies, de leurs maisons et à ce formidable élan qui les avait guidés de la détresse vers l'espoir. Je me suis souvenue des visages souriants sur les photos en noir et blanc, souvent anonymes, du temps où le Liban était encore la Suisse du Proche-Orient. Je me suis souvenue des Libanais qui dansaient et chantaient, des femmes somptueusement habillées, à l'européenne, coiffées avec soin, une cigarette dans une main manucurée et un verre de champagne dans l'autre. Je me suis imaginé Marvia en minijupe, les cheveux jusqu'aux épaules, une frange sur le front, à danser au son des Beatles, des Rolling Stones et des chanteurs libanais.

Et alors je me suis dit que la seule chose qui comptait, c'était son histoire, l'histoire d'une femme qui était née dans un endroit du monde frappé par le malheur et qui avait été seulement la victime des décisions des « grands de ce monde », comme elle les appelait toujours. Lorsque nous nous étions connues, elle m'avait dit que son plus grand problème était de vivre avec le sentiment de haine, qu'elle priait pour que ce sentiment quitte son cœur. À présent, elle me paraissait si pleine d'amour et de compréhension pour l'univers et pour les hommes que le sentiment de haine ne semblait plus la hanter. Je n'en avais pas la certitude, bien sûr, mais c'était l'image qu'elle m'envoyait. Nous étions assises face à face au Mian Fan, Marvia souriait et disait se réjouir de notre rencontre.

Lorsque le serveur est reparti avec notre commande, le visage de Marvia est devenu sérieux et elle m'a posé une drôle de question :

— Quand vas-tu finir d'écrire mon histoire ?

— Je n'en sais rien, je n'en ai aucune idée, ai-je répondu.

— Et tu sais comment elle va se terminer ? m'a-t-elle demandé.

— Non, je ne le sais pas non plus. C'est toujours une surprise pour moi-même.

La question m'a étonnée, parce que Marvia la posait pour la première fois. Avant, elle ne s'était jamais intéressée à la façon dont j'allais décrire sa vie ni à quel moment j'allais arrêter.

Au moment où je lui ai répondu, Marvia a sorti son téléphone et l'a collé à l'oreille. Elle ne faisait jamais ça, sauf si c'était un appel de sa fille ou du Liban. Son visage s'est décomposé dans une expression de frayeur et de panique. Elle m'a dit : « La cathédrale Notre-Dame est en feu… » et elle a fondu en larmes. Mon cœur s'est arrêté de battre. Je venais de comprendre que j'avais peur de cet événement depuis un certain temps, que malgré tout son pouvoir, la cathédrale était fragile et en danger dans le monde actuel. Cette idée m'est revenue à l'esprit pendant une fraction de seconde, puis s'est envolée pour laisser la place à la détresse. Nerveusement, nous avons vérifié les nouvelles sur Internet, la connexion était très mauvaise. Moi, je voulais courir là-bas. Marvia essayait de rester lucide. Elle m'expliquait qu'il ne fallait pas le faire, que nous n'allions pas supporter ce spectacle, qu'il allait y avoir une foule de gens et que nous ne pouvions aider en rien. Elle a voulu reparler à Louis, assis en ce moment devant la télévision, à suivre les images macabres de la cathédrale en flammes, affligé et impuissant. Quand elle a de nouveau pris son téléphone, où sur l'écran apparaissait un appel entrant, elle a décroché en m'informant : « Un cousin du Liban », et elle a parlé en arabe. Après avoir fini la conversation, elle a dit : « Au Liban, ils sont tous assis devant la télé, consternés, et personne n'arrive à croire que c'est vrai. Ils regardent les flammes, paralysés. Ils regardent la cathédrale mourir, notre chère cathédrale. Ils pleurent, désespérés. » Elle s'est signée et s'est mise à prier.

Elle m'a ensuite expliqué qu'elle avait su immédiatement qu'il se passait quelque chose de grave. Louis ne la dérangeait jamais quand elle avait un rendez-vous ;

or, il savait que nous étions en train de dîner ensemble.

Trois heures plus tard, nous étions sur le boulevard Haussmann vide, des voitures de police hurlantes étaient les seules à passer. Nous allions nous saluer quand j'ai dit : « Marvia, c'est ici, aujourd'hui que se termine ton histoire. Le 15 avril 2019. »

Marvia m'a serrée dans ses bras et s'en est allée, en me recommandant de rentrer bien vite à la maison.

éditions fdeville, Bruxelles.

fdeville.fr | fdeville.be

Distribution : Pollen
Diffusion : CEDIF

Corrections : Catherine Meeùs *catherine@ramee.org*

Photo de couverture : Unique Vision *shutterstock.com*

Achevé d'imprimer en septembre 2021.
Première édition.

Dépôt légal : 10.541/2021/11
EAN : 978-2875-99047-1